是谁在深夜里讲童话

叶弥 周建新 著

杨晓升/主编

江苏凤凰文艺出版社

图书在版编目（CIP）数据

是谁在深夜里讲童话 / 叶弥，周建新著. -- 南京：江苏凤凰文艺出版社，2025.6. --（她决心不再等待春天 / 杨晓升主编）.-- ISBN 978-7-5594-3695-5

Ⅰ. I247.5

中国国家版本馆CIP数据核字第2025CM2397号

是谁在深夜里讲童话

叶弥　周建新　著　杨晓升　主编

责任编辑	项雷达
图书监制	古三月
选题策划	孙文霞　王婷
版式设计	姜楠
封面设计	刘孟云
责任印制	杨丹
出版发行	江苏凤凰文艺出版社
	南京市中央路165号，邮编：210009
网　址	http://www.jswenyi.com
印　刷	三河市宏图印务有限公司
开　本	880毫米×1230毫米　1/64
印　张	4.25
字　数	78千字
版　次	2025年6月第1版
印　次	2025年6月第1次印刷
书　号	ISBN 978-7-5594-3695-5
定　价	119.80元（全五册）

江苏凤凰文艺版图书凡印刷、装订错误，可向出版社调换，联系电话025-83280257

目录

是谁在深夜里讲童话 / 叶弥

李记什锦小菜 / 周建新

是谁在深夜里讲童话

叶弥

一

中国开天辟地的第一次选美是在广州，时间是一九八五年。选美的图片暂时不能登上报纸，但是选美的消息还是传开了。听到消息后，吴郭市的团市委也策划了"首届吴郭青春美大赛"。吴郭比广州保守多了，团市委从策划那天起，就遭到不少人反对。到成功举办的那一天，已是三年后的事情了。严听听从家里偷拿了户口簿去报名，那年她十八岁，正好够上参赛的年龄。

团市委请来了香港的一位美容师、一位发型师，免费为进入决赛的二十名男孩女孩们化妆打扮。美容师是位浑身飘着香水味的中年妇女,她在严听听身边转来转去,最后只给她的鼻头和额头扑了一点粉,嘴里还说:"这点粉其实也是画蛇添足啦。"男发型师的身上也飘着香水味,他把严听听及腰的长辫子披散开来,喷上少许水,用电吹风把她天然微卷的长发吹几下,喷上少许摩丝,再吹几下,就叫下一个了。

下一个是严听听新交的朋友,叫花亚,是个心直口快的纺织工人,她为了参加这次选美大赛,被厂里开除了。为了这次选美,她烫了一个香港流行的爆炸头。她妈说她的头像一只鸡窝,丑得绝种。她从女式香水中穿行到男式香水里,坐下,挑起两根画得很沉重的眉毛说:"严听听,你完了。"严听听无所谓地说:"我就是来玩玩的。"花亚说:"你是脑筋不灵光吧?你对生活的酸甜苦辣反应迟缓。"

比赛的场地在工人体育馆。严听听最后一个出场,她穿着香港人赞助的一件红色镶金丝无袖及膝短旗袍,手里拿着一把她嫂子用的丝绸小扇,走到台上。看见那么多人在台下鸦雀无声,突然高兴起来,就像见着了许多老朋友一样,要取悦他们,于是脸上洋溢出快乐的笑,一边小步侧身疾走,一边用扇子缓缓地轻拂脸面。走到台子中心,扭腰做个看花的造型,扇子遮住半边桃花脸。她脱离了彩排时拘束的台步,自作主张地来了一套这么活泼的动作,本来也是小孩子心性,没想到台下的年轻人一声一声喝彩不停,吹口哨声经久不息。没错,她成了这次决赛最出彩的一个人。

时尚青年黎光也在吹口哨的行列里,他穿着一条时尚的水洗牛仔裤,无领无袖的白T恤束在裤腰里。T恤后背写着一行字:跟着感觉走。他边上有个大胆青年,衣服后面写的是:我是流氓我怕谁?看得黎光心里一阵阵无名的兴奋。度过了这个激动人心的夜晚后,他似乎确定了人生的目标。决赛结束后,他骑着自行车回到自己住的弄堂,碰到巡夜的民警吴三宝。吴三宝问:"你穿的是什么?这就是传说中的苹果牌包屁股牛仔裤吗?"黎光没好气地说:"对。难看死了,难看死了——我替你说了。你就继续巡逻去吧。"吴三宝说:"九点钟了,你这么晚才回来,没有在外面惹是生非吧?你对天上的月亮发个誓。"黎光指着月亮说:"我今晚要是在外惹是生非,以后出月亮的时候,就让我见恶鬼。"他发了誓,进了屋,拿出笔记本写道:今晚的青春美决赛有着划时代的意义。冠军叫严听听。调皮的民警吴三宝,你老是批评我,没关系。我终究找到了我的使命——我的使命就是担负起保护美的职责。严听听,你就是美的化身。菜花头、波浪头、爆炸头……都没有你黑亮的自来卷长头发好看。

考虑到吴三宝经常混到他房间里摸索

探查,他最终把笔记本穿了麻绳,吊在墙面的挂钩上,再移了一个柜子把笔记本掩上。隔壁的王伯伯在墙那边说:"小猢狲,你半夜三更的折腾个啥?"黎光说:"不怪我,这墙不隔音,放个屁都听得到。老猢狲,我还没找你算账呢。你不也是三天两头在夜里折腾?"王伯伯就不吭声了。一会儿,他好像赌气了,真的又在床上折腾起来了。黎光用两团棉花球把耳朵塞住,朝隔壁喊了一声:"王阿姨,你真的很可怜啊!"

  黎光这一夜激动得几乎没睡,他又找了几张废纸,在王伯伯王阿姨制造出来的噪声里,写了几首纯洁的爱情诗,献给严听听。

再说严听听,她根本不知道今夜会有多少人为她无眠、为她写诗。香港的男发型师自告奋勇地送她回家。两人打了一个车,还没到目的地,发型师就让严听听下车了。他说:"这个城市黑乎乎的让我好害怕。"说完,让严听听下车,扔下她就跑了。严听听站在树影婆娑的街上,悠然四顾,微风轻吹,吹过来她熟悉的一些花香树香。她想,我的家乡多好啊,怎么会让人害怕?

片刻,发型师又回来了,打开车窗对严听听说:"我还有一句重要的话没对你讲——你好美好美。真的啦。除了美,你还天真纯洁,会有许多人想从你身上得到滋养,你得小心一点,不要被人白白利用啦。"

严听听双手搂着一个玉雕花篮朝家里走,这是冠军的奖品,没有奖金。她被评委问到的问题是:如果你得了这次大赛的冠军,你将如何以此为基础,规划你的未来?她说:"我没想过未来。对于我来说,愉快地过好每一天,才是最重要的。"

相比别的选手们很有时代感的豪言壮语,她的话简直太朴素了。评委们大部分是吴郭人,吴郭是个崇尚朴素低调的城市。也许是她的朴素和诚实让评委们给她打了高分吧?

打开家里的黑漆木门,严听听的嫂子高如珍从房里走出来,问:"可爱的小姑娘,你是最后一名吗?"严听听把玉雕花篮放到高如珍的怀里,说:"报告夫人,第一名。没奖金,只有这个,请你收好吧。"高如珍说:"真光荣啊!就怪你哥,拦着不让我去看。"严听听的哥哥严玉晖在里屋说:"光荣个啥?瞎胡闹。一帮大姑娘在台上丢人现眼,丧失自尊。"

严玉晖惊讶地发现,他第二天去菜场买菜时,走过居委会的黑板报,上面写着严听听得了青春美比赛冠军的喜报。一路上不停地有人招呼他,跟他说他妹妹得了选美冠军的事。连摊贩都知道了,害得他不好意思和摊贩讨价还价。更让他惊奇的是,等他回到家里,家里已坐着居委会主任刘阿姨,是来说媒的,给听听介绍一位现役军人,连长,党员,是部队培养对象。严玉晖对高如珍说:"你发愣干什么?还不去泡杯新茶给刘主任。"

刘主任笑一笑,没喝茶就走了。

高如珍责怪严玉晖说:"挺好的一门亲,为什么不应承?你就是那种把日子越过越小的人。除了爱国是对的,别的都不对。"

严玉晖说:"你不要这么敏感好不好?"他捧起那杯泡好的新茶,慢悠悠地出了门。看见大家对他的笑脸,他很受用。于是对大家说:"下星期天中午,大家都来我家。我家听听得了青春美冠军,我请客啊!"

大家"啊啊啊"地答应着。答应着的这些人,几乎都是没资格去赴宴的。有资格去赴宴的人,都不会"啊啊啊"地答应,要等着严玉晖上门来请。

严玉晖得了脸,声音越发响亮,几乎是叫喊着了:"听听,你在哪里?——谁看见我家听听了?"

大家七嘴八舌地提供了许多信息,最终严玉晖用了一个三岁女娃娃的消息,她说听听朝俞阿婆家里去了。俞阿婆住在巷子底,那里有一条河,河对面有一座小山,小山下面有一大片荒芜的杂草地,杂草地里有几座无主荒坟。俞阿婆的肚子里有层出不穷的故事,故事的灵感就来自河、山、杂草地和野花。听听经常来找俞阿婆,此刻她正坐在俞阿婆的腿上,一边剥蚕豆,一边听俞阿婆给她讲故事。俞阿婆今天除了讲故事,还顺便劝了严听听几句:"你呀,十八岁不小了呀,要么找工作,要么找婆家。"严玉晖走进去的时候,严听听的十根手指上都套上了蚕豆皮。

  黎光睡了一个短暂的觉,清晨就精神抖擞地爬起来,出门买了两副大饼油条。一副自己走着吃了,一副留着,去了派出所,给值班的吴三宝吃了。原来他是求吴三宝办事,想问问严听听家住什么地方,他说给严听听写了诗,需要当面转交。吴三宝打了几个电话,然后写了一个人的名字给黎光,让他去某某地方找这个人。黎光回到家，倒在床上，一时心头撞鹿，七上八下，辗转反侧。最终爬起来给听听写了一封情书。除了大学时给一位女同学写过，他还从来没有给别的女性写过情书。写好情书，他到巷子口的理发店去理了一个头发。说是理发，其实是烫发，今天是星期天，理发店的人特别多，再加上他是烫发，所以时间有点长了，到下午三点钟才把头发弄好。朝锈迹斑斑的镜子里一照，仿佛换了个人，自己觉得洋气极了。飞快回到家里，翻箱倒柜找出一件格子衬衫，系在牛仔裤里，戴一副墨镜，又把口琴放在裤兜里。骑车到了某某地方，一看是派出所，要找的那个人是个小民警，叫葛小根。葛小根的警帽有点大，老是压着眉毛，他得经常用手把帽檐抬上去。

葛小根抬一抬帽檐,问他:"你叫啥名字?"

黎光老老实实地回答:"我叫黎光。"

葛小根又抬一抬帽檐,问:"你有啥特长?"

黎光说:"我的特长是写情书。"

葛小根说:"这么说,你今天把情书带来了。拿出来给我看看。"

黎光拿出给严听听写的情书,葛小根看了一遍,拍着情书说:"我个人认为,你的文采一般般,而且写得有点不正经。我劝你不要给人家了。人家脸皮薄,天真纯洁,看了以后会不开心的。"没等黎光有所反应,葛小根就把情书团起来扔到垃圾桶里。黎光只好叹了一口气,跟着葛小根来到一个白墙黛瓦的弄堂。弄堂很美、很干净,屋前屋后都长着鲜花,再不济的也放着一个长满大蒜或小葱的大碗。时值烧晚饭,他辨别出红烧排骨和咸菜烧黄鱼的香味。在一口水井边上,有一位姑娘和几个十来岁的孩子在打弹子玩,旁边竹篱笆上垂下来累累团团的蔷薇花,风吹落花瓣,和暗金的夕阳一道,飘在他们身上。

葛小根骄傲地指着那姑娘说:"那就是我们的选美冠军。"

黎光认出她来了。她两颊绯红,额角两边的头发编成两根小辫子,像两根绳子一样朝后拢住浓密的长发。黎光自言自语地说:"她是不是有点蠢?这么大了还混在小孩子堆里打弹子。"

葛小根说:"你才蠢,打弹子又怎么了?我走了,你给我老老实实的,不要乱说乱动。你烫的头发真难看。"

黎光"哦"了一声。

他忽然觉得很饿很饿,饿得胃里长出两只手在互撕,这才想起忘了吃午饭。那么,摆在他面前有两条路,一条路是离开她去吃晚饭,一条路是继续纠缠。正在这时,一个女人的声音从不远处响起来:"听听,回来吃晚饭啦。"

严听听抬起头,高高兴兴地应了一句:"我来啦。"

黎光看到她的脸，觉得自己看到了初升的太阳，令人惊喜和舒畅。他追上去说："严听听，我是来看你的。"严听听只管朝前跑。他又说："你能不能看我一眼？"严听听还是不说话，黎光说："你不看我也行。我想问你一个问题，你的理想是什么？就是说，你想干什么工作？"严听听果然上当了，回头说："我想干什么工作没必要告诉你。我倒是想问问，你是何方神圣？"黎光赶紧说："我是个诗人。"严听听头也不回地跑进了屋。

严听听家门口也有一口井，很小的井圈。黎光分开两腿，蹲到井圈上，拿出口琴开始吹。他也只会日本影片《追捕》里面的插曲。反反复复地吹，终于把严玉晖吹恼了,出来问:"喂,小兄弟,你吃了晚饭没?"黎光说:"别说晚饭,我午饭也没吃。"严玉晖说:"怪不得吹得这么难听。还有,你蹲在井上干什么?撒尿吗?诗人就是你这样的?"黎光说:"我又不是来找你的,我是来找严听听的。"严玉晖说:"严听听四岁就死了爹妈,是我把她带大的。她一切都听我的。我不让她出来见你,她就不会出来的。"黎光问:"你是她什么人?"严玉晖说:"我是她阿哥。"黎光说:"阿哥好。"严玉晖没理他,进屋去了再也没出来。也没有别人出来。

不知过了多久,街上已空无一人,黎光喊了一嗓子:"我失恋了!我他妈的失恋了。"

既然失恋,那就得把日子过成失恋的样子。

没几天,黎光召集了一帮哥们儿去城墙上喝失恋酒。城墙上写着标语:时间就是金钱,效率就是生命。他把啤酒什么的都堆在"生命"这两个字的上面。

他的好朋友萧天龙搂着一个女孩子前来赴约,这个女孩烫着大波浪,穿着刚流行的一步裙,走起路来在萧天龙怀里跌来跌去。萧天龙说:"妈的,这年头还有人失恋?大家都去抢货了?我妈买了一百盒火柴,我奶奶拿黄鱼车去拖了五十公斤盐回来。要通货膨胀了,抢点东西储备着。黎光同志,你不去抢几条香烟吗?哦,我忘了你是个穷鬼了。"

黎光说:"没有爱情,世界就不存在。有火柴也点不着烟,有盐也是满口淡。至于香烟,就是受伤的喉咙里吐出的最后一声叹息。"

萧天龙说:"胡扯,明明是你已经抽不起烟了。你抽的中华香烟从一块八毛钱涨到十多块了。"说完把怀里的女孩子推到黎光面前说:"不说别的了。她是我专门找来治疗你失恋的。"

黎光头颈一扭说:"我不要。"

萧天龙扑过来搂住黎光的肩膀说:"你看看像谁?像不像你那个选美冠军?"

黎光凑近了姑娘一看，确实像。他把姑娘拉到有灯光的地方，仔细端详一番，看见这姑娘脸上堆着不明原因的春色，肌肤也有松弛迹象。萧天龙说："怎么样？动不动心？"那姑娘转头对萧天龙厉声说道："你喋喋不休地问他干啥？这人长了一对死鱼眼睛。难怪我表妹也看不上他。"

原来这女孩是严听听的表姐。姓卢，本来叫招娣还是迎娣的，看了电影《庐山恋》后，就把名字改成了卢山恋。

黎光赶紧叫了一声表姐，扶她在墙头上坐下，给她倒了一杯啤酒，开始打听严听听的事。卢山恋性格开朗，把紧绷绷的一步裙朝上勒起，裙子瞬间就变成了一条短裤。然后像坐山雕一样,把两条闪着冷光的大腿搁在城墙上,不时还看黎光一眼,仿佛在揣摩黎光的心思。黎光很怕她突然扯住他的手,叫他抚摸她的大腿。所幸这是杞人忧天,一直到结束,她也没有任何举动。她走时问了黎光一句:"一般的男人看到我,都会爱上我。你为什么不爱?严听听有什么好,幼稚得像个小孩。她侄儿都不听的童话,她听得津津有味。是我长得没她漂亮吗?"

黎光想了一想,决定不骗她。就说:"你的脸和严听听一样漂亮,但是你的脸上闪着冷光,手臂和大腿也是冷飕飕的。你两腿一碰,好像两把刀碰了一下,有刀的声音,让我害怕。听听的脸上闪着暖光,好像早晨的太阳,有点暖、有点润。有一点红光,有一点金光……"话没说完,卢山恋上来抽了他一记耳光,两个人就算两清了,互不相欠。

不管怎么说,这是一场纯洁的聚会。萧天龙本来想拉上黎光一起开个西服专卖店,卖品牌服装。上海和浙江都有这种专卖店了,生意红火。黎光不愿意,他现在满心都是严听听的身影,放不进别的事。而且他不想和朋友合作,为了赚钱,朋友之间也会互害。这种事他听得多了。他们走后,黎光留在城墙上独自待了半个小时,他把剩下的啤酒都喝了,然后流了一通眼泪,怀着莫名的伤感,回到了家里——不是他租的房子,是他父母的房子。他是这家的独子,他的父亲是吴郭市的财政局局长,以前是"打击投机倒把办公室"副主任。这个办公室取消后,黎光的父亲就升任市财政局局长了。黎光这一年也才二十岁,大学刚毕业,与父亲的生活理念大相径庭。在他父亲踩碎了他的"蛤蟆镜"后,他从家里搬了出来,并辞去了市教育局的"铁饭碗",也没有办流行的"停薪留职",去当了空空荡荡的自由青年。他觉得,没有浪漫的人生都是生不如死。他和父亲对彼此的评价高度对等,他们都认为对方会坐牢。

这一夜,黎光的脑细胞被啤酒浸润得无比活跃,他的脑袋里就如铺开了一张巨大的滑雪跑道,他在跑道上任意地无休无止地滑，一直滑到他和严听听结婚为止。他大笑一声，醒过来了。阿姨金姐赶紧过来嘘寒问暖，问他喝牛奶加燕窝还是吃火腿配鸡蛋。他掀起被子，跑出门外。那时候，吴郭市内别墅很少，但他家已是湖景别墅。他一口气跑回自己的租赁小屋，听见隔壁王伯伯在煤炉上炒菜，闻到葱油炒萝卜干的香味，觉得这就是自由的味道。

他想到一个重大的问题：严听听是个追求自由的人吗？

在城墙上，卢山恋告诉黎光，严听听四岁时，她的父亲和母亲坐车去探望外地的爷爷奶奶，不幸翻车而亡。她的哥哥那时候正在读高二，毕业后就顶替父亲进了纺织品进出口公司。他们的父母亲去世后,哥哥带着妹妹,每天晚上讲一个童话给妹妹听,一直讲到结婚,不再给妹妹讲了,他得给自己的娇妻讲故事。但是妹妹很快就找到了另一个讲童话的人,就是住在巷子底的孤老太俞阿婆。俞阿婆给严听听讲故事讲了十年了。就那几个童话,翻来覆去地讲。严听听百听不厌。她这么大了,除了童话,不爱听别的。俞阿婆也不知道什么叫童话,她一辈子安静和安分,一开口讲故事,自然就是严听听想要听的童话。

现在,黎光知道怎么接近严听听了。严听听是不是一个追求自由的人他不知道,重要的是他知道严听听爱听童话。黎光从家里返出来，原本也没想去做官或发财，只想过自由而普通的生活。他去私人公司当职员，却因为三天两头地迟到早退，老是被老板辞退。他也不怨自己，也不怨老板，他要的就是一个自由。他在社会上胡混了两年多，没赚到钱，没创下业，内心却增加了愤怒和忧伤，他很清楚，这份愤怒和忧伤会长久地伴随着他的生活，这是他无比害怕的。

话说他为了接近严听听，买了许多童话书去看，一看看出了许多谎言。譬如大灰狼和小绵羊做了朋友，或者小朋友随随便便就发现了藏在深山里的宝藏。乌龟和兔子赛跑赢了。还有，小朋友们全都改变了吃零食的、打架的、睡懒觉的、说谎的坏习惯……变成了听话、勤奋、德智体全面发展的小圣人。

  他看了一天，第二天就决定写童话。他想起小时候碰到的一件事：一只狐狸藏在他爷爷家大院子后面的柴房里。这只狐狸生了一窝三只小狐狸。有一天，爷爷捉住三只小狐狸准备扔出去。狐狸妈妈窜到爷爷的脚上咬了一口。爷爷气坏了，边上正好有一条小河，他就把三只小狐狸扔到河里淹死了。说来也怪，爷爷是个性格懦弱的人，街坊邻居大都看不上他，时不时地会有人欺负他一下，让他吃点苦头。但自从他淹死三只小狐狸以后，就再也没人敢欺负他了。他也得以扬眉吐气，运气仿佛也好了起来，做点贩茶叶的小生意，居然发了点小财,供儿子读了大学。

黎光花了一天时间写了《狐狸的悲伤》。第二天,黎光骑着一辆新的摩托车去了严听听家,摩托车是他向萧天龙借的。萧天龙经常请他代写情书,或者干脆把他写的诗说成是自己写的。在巷口,他碰到严玉晖拎着两大篮子的菜朝家里走,他赶忙停车,掏出手绢放在摩托车的座位上,让严玉晖把菜篮子放上去。两个人站着说了一会儿话。

严玉晖说:"哟,新车。重庆80。还没上牌照。我考了一个摩托车驾照,但买不起车。"

黎光说:"你想开的话,拿去开两天。"

严玉晖说:"想开。今天白天不行,我要晚上才有时间出去开车遛遛。"

黎光说:"那没关系啊。你什么时候想开我就拿过来好了。"

严玉晖问他:"你今天又来干什么?你和听听是不配的,你不要打她主意了。"

黎光问:"我为什么和听听不配?"

严玉晖沉吟了片刻才说:"我看你是个认真的人,我就把心里话告诉你吧。我们父母亲去世那年听听才四岁,我是十七岁了。我给她整整讲了四年的童话故事,她就是靠着我的童话才活下来的,才能吃饭和睡觉。我一直讲到我结婚才不讲了。后来就是巷子底的俞老太接上去给她讲。"

这些事黎光已经从卢山恋那里打听到了,但现在从严玉晖的嘴里说出来,他还是感到内心的震撼。

严玉晖说:"走吧。我们一边走一边讲。今天中午我在家里请客吃饭,听听得了选美冠军,我们答谢一下乡邻们这么多年来的照顾关心……我跟你说,那时候,我每天晚上给听听讲童话,后来就身不由己,一天不给她讲童话,我心里就空落落的,好像人生没有光明。她听童话,一定要我把她搂在怀里。她那张脸,你是没看到她那张小脸,那么认真、那么美、那么安静,不像是凡世的小孩,我心里就充满感动、充满光明,觉得我自己也与众不同。我知道我不仅靠着听听活下来,还靠着她过着童话一样的生活。我走到今天,能这么健康快乐,事业有成,婚姻美满,全靠了听听身上的能量支撑着我。"

说着就到了家门口。严玉晖家里人来人往,忙乱得很。严玉晖拿下菜篮子,对黎光做个鬼脸,说:"今天晚上六点半,你在巷口等我。"

黎光拉住他的胳膊说:"等等,你还没说我为什么不配你家严听听。"

严玉晖说:"我一看你就是个不会讲童话的人哪。不会讲童话的人,和她合不来的。"

黎光脑筋一转,急急地说:"那我就和你做个结拜兄弟吧。大哥在上,受小弟一拜。"

严玉晖说:"罢了罢了。兄弟你中午就在我家吃饭了吧。"

这顿不出钱的饭,黎光吃得畅心满意,从头到脚每个细胞都油亮亮,透着气,发出微笑。在他的记忆里,从来没有吃得这么开心。他先是坐在居委会主任刘阿姨身边,觉得和她无话可讲,瞅个空子,和人换了位置,坐到俞阿婆旁边去了。来的人都不空手,俞阿婆今天也带了一小块织锦缎料子。

答谢宴摆了两张圆桌,客厅一桌,天井里一桌,每桌坐了十几个人。今天高如珍掌勺,卢山恋和严听听都在厨房给她打下手。高如珍不愧是高级宾馆的名厨之徒,两桌子菜肴整治得可圈可点。厨房里的动静稳稳当当,上菜的节奏不快不慢,荤菜、素菜、汤水、点心上桌的顺序一丝不乱,撤盘换盏有条不紊。就是外面的野狗来讨吃的,都让听听给它把骨头骨脑放到僻静之处,安置得妥妥帖帖。

黎光在厨房里转了一会儿,用毛笔写了一个菜谱,贴在墙上让大家看,算是做点贡献。菜谱上有这些菜:清炒河虾仁、虾籽烩蹄筋、醋熘鱼片、葱烤野鲫鱼、酱汁狮子头、清蒸蹄髈、肉糜炖蛋、百叶包肉、虾饼、老鸭汤、黄松糕、糯米酒酿。

菜谱无意义，有意义的是俞阿婆面对这些菜的胃口。俞阿婆的牙齿基本掉光，可是不影响她吃美食。她的胃口让黎光大吃一惊，不是亲眼所见，简直不敢相信。她不是吃，她是大口大口地吞。老人家眼明手快，只要看到端过来新菜，她就率先下手。别人才吃完三只虾仁，她已经吞下三勺虾仁了。别人刚吃完半只狮子头，她已经一只下肚，又夹起另一只朝肚子里塞。狮子头吃到喉咙口下不去，她就拿了筷子朝喉咙里捅下去。她一个人夹了半条鲫鱼，吃得满嘴鱼卤。黎光劝她："吃得慢点哦，小心鱼刺卡住疼死。"俞阿婆说："卡住不要紧的，我老得已经不知道疼了。"严听听看了很着急,过来小声对俞婆婆说:"阿婆啊,我们少吃一点哦。吃多了肚子里难受的。"俞阿婆说:"是啊,我以前多吃了肚子就会难受。今天不会的,今天是个好日子,我要上天堂了。"

大家以为老人话多失言,也不理会。

吃完,说完闲话,已是下午两点。黎光自告奋勇地承担起了送俞阿婆的任务。俞阿婆说:"来,小伙子,搀着我。今天没你不行,我走不到家里。我们有缘。"

黎光搀着她走出天井,下台阶,一路缓行。俞阿婆脚下打了个趔趄,黎光赶忙扶正她的身体。她眼睛朝天上看着说:

"太阳光太浓了,晃得我脚也站不稳。今天是个好日子。"黎光问她:"阿婆啊,人要是活得像你这样,那就是神仙啊。"俞阿婆打了他一下,说:"我什么都知道。"黎光问:"你知道什么?"俞阿婆说:"要不是听听,你才不会送我呢。"黎光说:"被你说对了。那你说说看,我和听听有没有在一起的缘分?"俞阿婆朝前看了一眼说:"我要到家了。今天真是功德圆满。"她忽然踉跄起来,黎光一把抱住她要倒的身体,待要扶着她朝前走,无奈她的身体越来越软。黎光索性一蹲,慢慢把她扛到肩上,几步到了她的家。门是虚掩着的,没有锁。进了门,黎光把俞阿婆放在床上,只见她脸色通红,脸上一片汗水。黎光说道:"不好了,我要去给你喊人。"俞阿婆说:"不要折腾我,我大限到了,想要安安静静的。"

黎光一想,她的话是对的。于是坐到她床边,问她:"你还有什么话,都可以告诉我。"俞阿婆沉默片刻问:"你是什么人?"

这句话把黎光问住了,他有很多身份:市财政局局长的儿子、名牌大学毕业生、辞职的公务员、私营公司的小职员、给画商画批发扇子的画工、倒卖外贸服装的倒爷、写诗者、写童话的人……

他从中选了一个身份说:"我是个作家,专门写童话的。"

俞阿婆说:"我要走了……会有人给听听讲童话的。"

黎光说:"你放心,你讲不动的那天,我会接着给听听讲童话。"

俞阿婆说:"不是你……"

黎光问:"为什么不是我?"

俞阿婆闭上了眼睛,过了好大一会儿,她忽然睁眼,对黎光说:"你对听听说……我谢谢她。我本来十年前就要死了,幸亏她来,缠着我讲了十年的故事,我又多活了十年……为什么不是你?……因为你不会靠着她活下去……"

末了这句话黎光听不懂。他正在思考这句话的时候,俞婆婆长长地叹了一口气，安静地告别了这个世界，正如她那么安静地活。

第二天，俞婆婆出丧。不少邻居过来吊唁。俞阿婆没有子女，黎光又自告奋勇地当了孝子贤孙，披麻戴孝，站在门口迎送。最后他和居委会的干部一道，把俞婆婆的骨灰从火葬场里领了出来。然后，他和严听听一起去了俞婆婆乡下老家，把她的骨灰安置在骨塔里。做完这些事以后，他和严听听的关系也变得热络起来。他想，他们快成为恋人了吧？奇怪的是，一想到这个，他心里就慌得不行，一点也没有甜蜜的感觉。最后，他下了决心，一定要和严听听摊牌了，行就行，不行就不行。哪怕不行，也胜过现在这样钝刀子割肉的状态。

这天晚上,黎光破天荒地回父母亲家里吃饭,去之前他借了王伯伯的衬衫和裤子穿着。他爸在饭桌前坐下来的时候,看了他一眼,明显对他穿的衣服不入眼,但也没有说什么。一家三口沉默地吃了片刻,黎光的爸问他:"你最近在外面混什么?"黎光说:"我最近辞了工作,准备写童话。"他爸说:"你不用写童话,你就是童话里的人。"黎光掏出本子赶紧把他爸的这句话写下来。他爸恼火地问:"你想干什么?"黎光说:"爸,你不要紧张,我听到生活里有好句子,马上要记下来。不然就忘了。"他爸说:"你还用得着这么费神?你不如去书上抄袭好了。你最近在看什么书呢?"黎光说:"托夫勒的《第三次浪潮》、路遥的《人生》,还有马克思的《资本论》、李燕杰的《塑造美的心灵》。"

这份复杂的书单让黎光的爸爸一时不知说什么好。

阿姨金姐端上来一份莼菜豆腐汤,插了一句话:"金庸的小说好看。"黎光说:"金庸的小说我都看过,他的小说就是成人的童话。"金姐说:"好看好看,成人的童话好看。"黎光问:"金阿姨,你老家现在还有什么流传的乡间故事?"金姐说:"有啊,好多呢。狐狸精嫁人的,红木棺材找主人的……"黎光妈妈打断她的话:

"金阿姨,你也不要忙了,先去吃吧。"黎光爸爸说:"我倒也想起我小时候听到的故事,我睡觉前,我奶奶要讲故事给我听。说真的,中国的民间故事,大部分都阴森诡异。我们小孩子睡前听了有点害怕,但听习惯了,也就麻木了。"黎光开了一句玩笑:"那你的麻木有些年头了。"黎光爸瞪了他一眼,说:"我问你今天怎么突然回来了?"

黎光正要回答,不知为什么,喉头突然哽咽了一下。他定了定神才说:"我回来是要告诉你们,我爱上了一位女孩,我想谈恋爱、结婚。"黎光看到妈妈一下子感动得泪光闪闪。黎光爸说:"你不是一直在谈恋爱吗?那个绰号叫什么'夜巴黎'的巴女士。你们要是结婚了,小孩可以叫巴黎,或者叫篱笆。"黎光说:"'夜巴黎'早就和我不往来了,她嫌我太幼稚,前些天她去美国投奔她亲戚了。'夜巴黎'之后,我还谈了一个。是我校友,她和我爸一样,觉得我不求上进,完全不是时代青年。"黎光爸就嚷嚷起来:"你看,你看。你可以写一本书,书名就叫《恋爱大全》。你烫的这种头发可以叫恋爱头。"黎光说:"这次不一样。这次我才懂得了什么叫爱。"黎光爸听了,刚张开嘴想嚷,黎光就说:"你别说了。我要回家了。我今天回来是想找金阿姨收集童话故事的。"他看到他妈妈的脸上掠过惊惶和难过。

他推着车走在路上。晚上他本来是打算回来借钱买摩托车的。今天中午,严玉晖告诉他,想借他的那辆重庆80摩托车夜里兜兜风。于是黎光就去跟萧天龙借。但是萧天龙不准备借给他了,并且说,实在要借,借一天就得付一百块钱。这也太贵了吧?但问题还不在于贵,在于此举的俗不可耐。难道友情只值一百块钱?萧天龙当时的回答很伤他的心:"有时候友情连一百块钱也不值。顺者昌,逆者亡,历史的车轮不可挡。我觉得你也要调整好自己的生活状态,不要过得浑浑噩噩的,像个小孩子。严听听那种姑娘不值得你爱,'夜巴黎'多好哟,你就应该跟了'夜巴黎'去美国。总之,生活不是童话,生活是战场。"黎光说:"你又不借我车,又来教训我。你也太占便宜了吧?小心我叫吴三宝揍死你。"萧天龙问:"吴三宝是谁?"黎光说:"吴三宝是你爷爷。"

　　黎光心里愤愤的,他不是不知道社会正在起着剧变,人们习惯的那些东西很快就会过时,会被新的东西代替。但以他最近几天的某种判断,任何社会,不管什么时候都是需要童话的。严听听的天真单纯,即使再过一百年,也是人心的慰藉。当然,未来没来,黎光心里没底,所谓的一百年还会怎样,也是美好的向往和猜测,所以他心里愤愤不平。

　　他打定主意要和严听听携手人生,他感到他们俩在一起的话,彼此都会得到拯救。分开来的话,两个人都会沉沦。

好吧,既然提到了吴三宝,黎光就去找吴三宝。他告诉吴三宝,他爱上了一位天真纯洁的女孩,她的哥哥想开开摩托车玩一会儿,能不能把派出所的侧三轮带边斗的摩托车借一个晚上用用。吴三宝把头摇得像拨浪鼓:"不行不行。派出所的东西是国家财产,私人拿出来就是犯法。"

黎光很恼火,上前一把揪住吴三宝的领子,问他:"你是不是觉得我很幼稚?"吴三宝推开他说:"是啊。大家都觉得你很幼稚。"

从派出所里出来,他回去跟王伯伯

借了衣服和裤子穿起来，然后去了父母家，还是没借到钱。从父母家出来，路过另一个派出所的时候，隔着窗户见到葛小根在里面值班。他在窗外停下自行车，敲敲窗户说："葛小根，把所里的摩托车拿出来，你爹我要用用。"葛小根一看是他，举起手作势要打，说："骨头痒了吧？小流氓。"

随后，他去了严听听家，一家四口人正围在一个小彩电前看电视。黎光悄悄地坐在他们边上，也跟着看。看完了，高如珍递给黎光一支烟，被严玉晖拿走烟，换了一袋人人都吃的"傻子"瓜子，两个男人嗑着瓜子说了一会儿话。后来的话都是严玉晖在说，他不停地安慰黎光，说不知道黎光的摩托也是借来的,早知道的话,不会开口要玩玩。等以后有钱了,两个人合伙去买一辆。最后,严玉晖说得高兴,让严听听送黎光出去。

黎光和严听听走到门外,被夹杂了花香的微风一吹,精神立刻大振,长啸一声,立刻有人开窗户骂道:"神经病。"

严听听笑了。笑完后问他:"你今天为什么穿得像个老头子?"黎光低头看看身上的衣服,王伯伯的衣服是很老气。但他每次看到王伯伯时并不觉得他土气,反而觉得他很朝气、很鲜活。他的葱油炒萝卜干,他家屋子里米粥的香味,他与王伯母和美美的慢生活,都让人肃然起敬。

未来,还会有这样的从容吗?

黎光问严听听:"你将来想干什么?"

严听听说:"我小时候,羡慕鸟有翅膀,想当飞机驾驶员。"

路灯光从梧桐叶里打下来,扑在她脸上。黎光想,我要是这束光就好了,扑在她脸上,把她的脸亲个不停。

想是这么想,手和脚一点不敢妄为。

他说:"好吧,我们的飞行员,你谈过恋爱吗?航空公司有个规定,没谈过恋爱的不能当飞行员。"

严听听惊讶地问:"为什么?难道谈过恋爱就能飞得更高吗?"

黎光说:"详细情况我也不太清楚。我只知道,谈过恋爱的飞行员比没谈过恋爱的飞行员安全系数高,不会引擎失灵。"

边上有个小公园,黎光把听听朝公园里引。他们站在一棵大桑树边上,这棵大桑树周身散发着淡淡清香。黎光说:"我最近在写童话,正好就有一篇跟桑树有关的,叫《桑树的故事》。我讲给你听吧。"

他奔忙了一天,不知道怎么这样精神焕发,给心爱的姑娘讲童话,本身就是一则童话。

桑树的故事是他现编的,他把写老槐树的移到了桑树身上。说有一只喜鹊,看到一个很大的村庄光秃秃的,没有一棵树,它就想做好事。正是桑葚成熟的季节,它就衔了桑葚扔到这个村庄的每一个地方。后来,这个村庄到处长出了小桑树。过了一年,这只喜鹊飞过这里,看到一位农夫低头在地上忙着刨挖桑树。桑树们长得很高了。喜鹊大吃一惊,问:"老爷爷,你为什么要刨掉小桑树?是不是嫌它们长得太密了?"农夫就说:"不是嫌它们长得太多,而是一棵不留。它们根本不应该长出来。"小喜鹊惊奇地问:"为什么呀?"农夫说:"你看看,自从村子里到处长出桑树后,我们的坟地里多出十几座坟墓了。"说完,农夫朝一个地方一指，小喜鹊看清了，不远处有一块荒芜的坟地，里面到处是坟。老坟上长满杂草，没长草的新坟足有十几座。小喜鹊还是不懂，问："桑树和坟有什么关系呀？桑树多好，不轻易生虫。要生虫的话，最多也生出一些野蚕。野蚕的茧子可以收集起来织出丝绸。桑叶切碎了可以喂猪、喂鸡。桑树结籽，熟了很甜，大人小孩都可以吃。桑葚晒干了泡茶，滋阴补血、生津止渴。这么好的树，为什么不让它们长？"农夫就说："在我们这里，越是好的树就越是不吉利。因为家家都认定是自己种的，先是吵，再是打，然后就搞出人命了。"小喜鹊说："你们没有村长和长者吗？村长和长者可以替大家仲裁一下。"农夫看着小喜鹊流下了眼泪："我就是这村里的村长,也是年纪最大的人,我没有办法调停纠纷。因为有的人家说,他要多一棵,因为他家人多。有的人家说,他也要多一棵,因为他家人少……他们的理由层出不穷,所以我只好亲自来刨掉桑树。"

说完这个故事,黎光问严听听:"这个故事怎么样?"

严听听说:"这个故事太复杂了。"

黎光说:"复杂一点不好吗?难道你只喜欢听简单的?"

严听听说:"我只喜欢听简单的。故事复杂了就不好玩了。"

黎光说:"我这故事不好玩吗?"

严听听说:"不好玩。譬如说,这位农夫既是村长又是长者,他就不该刨掉桑树,他要千方百计地维护桑树长大,造福村庄。你就想说这个农夫很可怜,可怜有什么用呢?村里人都可恨,你让我听了也恨他们,可是,恨有什么用呢?本来故事里的喜怒哀乐都是空的,你与其让我凭空地去恨一些人,不如让我凭空地去爱一些人。这样,我的心始终是快乐的、有力量的。"

黎光听了她的一番话,半天说不出话。反驳她吗?他决定不反驳。要反驳她是很容易的,譬如可以怀疑她那么肯定的快乐和力量。

他说:"你觉得我的童话不好听,那你给我讲一个吧。"

严听听说:"我不会讲。我生来就是听童话的命。"

黎光央求她:"讲一个嘛,破一个例。我想知道你喜欢听哪种童话故事。"

严听听说:"好吧。我就讲一个,我讲故事平平淡淡的,再好的故事也会被我讲坏,你就凑合着听吧。"

严听听讲了一个俞阿婆常常讲的故事:"有一个摇船的老公公,无儿无女,孤独一人生活。有一天上游发洪水,漂来一只筐子,漂到老公公的窗下面不走了。老公公听到哭声,点着了灯,打开窗户一看,筐子里有一个小女孩,他心疼地把小女孩抱进了屋子。这时,灯花一跳,落在桌上,说出人的话:摇船的公公你听好,上次发洪水,你救了一窝落在水里的小鸟,这次你又救了一个小孩。菩萨让我告诉你,你想要金银财宝还是要这个小孩?你想要这个小孩的话,就留下来当女儿,没有金银财宝。你不想要的话,重新放回水里,马上就会有人来救她。看在你善良的份上,菩萨会给你吃穿不尽的金银财宝。老公公说,阿弥陀佛,这么大的水,小孩放下去岂能活命?我不要金银财宝,我要这个孩子当女儿。这个小女孩长大后,有人来找她。原来她是公主。公主舍不得离开老公公,就把老公公一起带进了皇宫。这下老公公得到了数不清的金银财宝。"

黎光沉吟了半晌,说:"你有病吗?这么大了还喜欢听这种弱智的故事。"他刚说完,树上掉下一个东西。他不用看都知道是鸟屎,心里有点懊恼。

严听听说道:"我没病。"

她的声音大了一些,引来在旁边夜巡的民警,过来拿手电筒照着问:"什么人?干什么的?"

黎光说:"讲故事的。"
民警说:"你哄我玩是不是?走,跟我走一趟。"
黎光赶忙说:"同志,我和你开个玩笑。我不是坏人,我和葛小根是好朋友。

葛小根你知道吧?"

那民警说:"怎么不知道?他也不是个好东西。"

周围又归平静。

黎光对严听听说:"对不起啊,我说话粗鲁。我们言归正传,俞阿婆讲的这些,你相信吗?"

严听听说:"我哥也给我讲摇船公公的故事,妈生前也给我讲过这个故事。他们讲的时候都是相信的,我看得出来,所以我也相信。"

提到她妈妈,黎光一阵沉默。

严听听说:"我妈妈临走的那天,跟我说,她去两天就回来,回来了给我讲新的童话故事。她死了以后,我经常梦见她和我说话,但是又没有声音。我就猜她会说些什么,那肯定是想讲新的童话故事啦。那是什么样的故事呢?应该跟我哥、跟俞阿婆讲的是差不多的,反正和你的故事是八竿子打不着的。"

黎光再次问:"他们讲的故事,你一直到现在也相信?"

严听听说:"对,讲的人相信,我就信。相信一样东西是不变的。"

黎光说:"我给你讲的,我也相信呢?"

严听听说:"你那种故事,过不多久你就会不相信了。"

她说得那么斩钉截铁，不容怀疑。

黎光暗自摇了摇头，今天晚上的状况出乎他意料。现在该回到他原本打算去的地方了。于是他提议去吃馄饨。不远的地方有个小馄饨店，日夜都开着。他们去的时候，小店灯火通明，一对一对的年轻人坐在店里吃馄饨。面食和小蒜的香味老远就能闻到。已经没有座位了，只有一张小桌子坐着一位算命的瞎先生和引路童子，他们边上没人，可以勉强坐下两人。

两人刚落座，瞎先生就对他们说："算命吗？"

黎光说："怎么算？"

瞎先生说："报上落地的年月日和时辰。"

严听听说:"听老人讲,夜里不好算命的。"

瞎先生说:"没关系的。现在国运昌盛,百无禁忌。"

黎光说:"我看你是想钱想疯了吧?"

瞎先生说:"想是想,还没疯。"他看了严听听一眼说:"红颜薄命啊!自古红颜多薄命。"

黎光说:"你他妈的看得见。"

瞎先生说:"我有点看得见……你们的馄饨来了,好好吃吧。唉,一对好姻缘,可惜月老不牵线。"

瞎先生和他的引路童子已经吃过多时,但是不走,坐在那里看人。

黎光把自己碗里的蛋丝都拨到听听的碗里,一边漫不经心地问她:"你谈过恋爱吗?我觉得你没谈过。"

严听听没有理睬他。黎光把馄饨连汤带水吃喝完了,让听听坐上他的自行车,一路慢慢地朝着严家骑去。露水扑面而来,不一会儿就打湿了两人的脸面。

黎光说:"我谈过许多恋爱,我教你谈恋爱好不好?"严听听说:"好呀。"黎光说:"谈恋爱首先要学会写情书,男女都一样。写情书第一要紧的是称呼,要称对方为亲爱的、我爱的、小羊儿、小马驹……如果男方不听话,就说他是一匹不乖的小马。如果女方不听话，就叫她是一只不乖的小羊羔。然后要表态，就说要为对方做牛做马，累死累活也心甘，下十八层地狱也愿意……"严听听冷静地说："每个人的恋爱都不一样的，为什么要有这些模式？"黎光说："你太拘束了，这样不好。你要放开你自己。这样吧，我教你怎么骂人好不好？骂人有雅的、有土的。有宽厚含蓄的、有直率赤裸的。我是喜欢土骂，土骂真过瘾。"严听听笑了一声。黎光一边用力蹬车，一边用力骂出各式各样的话，骂到最后，他自己"扑哧"笑了出来，抹去嘴边骂出来的飞沫，停下车说："你到家了。今天真是，打扰你了。"

严听听下了车，头也不回地就朝家里

走,黎光的心里忽然涌上绝望,推倒车子,上前一把拉住她的手,说:"其实我不是一个浪荡子,如果你希望我过上另外一种生活,我愿意回到父母身边去,找一份公务员的工作,努力上进,一辈子也能像我父亲那样,干到市局的局长,或者比我父亲更强,干到厅级。有身份、有地位……"他越说越艰难,说到后来连声音都没有了。他明白他已经愿意为听听付出所有。听听看着他,没有露出惊讶。童话里什么都会发生,她不会惊讶的。

黎光问:"你总得给我一个原因吧?"问完他就后悔了,就说:"别说了,说得出来的原因都不是原因。"

但是他的话已经迟了。严听听冲口而出说了一句话:"我们两个人是生活在不同故事里的人。"

她看着天真单纯,有时候说话却一针见血,让人害怕。

二

对于黎光来说,这件恋情没有开始就结束了。以前他的恋情结束,一般都是在上床以后和结婚以前。这次不同,他心里翻江倒海,却连严听听的手都没敢摸一下。

黎光继续闹腾了一阵。他对严听听采取了盯梢、跟踪、纠缠、恐吓……具体方法有：给她不停地写信，在她家门口吹口琴、唱歌，在她的窗下贴爱的纸条，一整天一整天地站在巷口等候，一见到严听听出来就跟上去。还恐吓她，他想自杀。时间长了，严玉晖恼火了，说："滚……再闹我就找你爸单位去。"宣布与黎光绝交，不再让他上门了。此时大半年过去了，又到了中国人的春节。早晨，黎光从昏睡中醒来，光着身子在地秤上称了一下，比失恋前瘦了二十斤。说明感情找不到归宿时，肉体会先行消灭自己，以免成为行尸走肉。这消失的二十斤里含有水分、肌肉和灵魂，它们可以证明，感情是有尊严的，他对严听听是认真的。也可以证明，年轻有多么好,想要有多深的伤,就会有多深的伤。

他去父母家过了年。他的爸一如既往,对他还是冷嘲热讽。黎光这次没有多说什么,一副了无生趣的样子,基本上是他爸一个人在唱独角戏。过了年,他就去了深圳。他以前在萧天龙组织的饭局上认识了一个女老板叫牛草青,她在深圳开了一个股份有限公司,人手不够,托萧天龙来找他。黎光二话没说,连工资待遇都没谈,就去了深圳。了无生趣,他觉得在吴郭了无生趣。

他从上海坐火车到了广州,下了车他就去找一位大学好朋友。这位大学好朋友姓党,现在也"下海"了,创建了一家公司。几年没见,党朋友浑身散发着朝气,与黎光的样子正好相反。晚上,两个人在街边上喝啤酒,党朋友说:"你在吴郭干些什么?"黎光想了一想,自己的事迹乏善可陈。就说:"兄弟我最近失恋了。"党朋友一个劲地摇头叹气,说:"现在还有工夫失恋?你睁眼看看这个世界。世界在沸腾啊!"黎光说:"世界沸腾的时候,就是我失恋的好时机。"他补充了一句:"我写了一些童话,准备结集出版。"党朋友说:"快把你那些童话扔到垃圾桶里去吧。我们现在的生活就是一个童话,谁还要看你那些胡编出来的童话。"黎光愣了一下说:"你说的我听不懂,你说现在的生活就是一个童话,那有什么依据呢?"党朋友拍拍黎光的肩膀,说:"你明天坐火车到深圳,到了那里你就懂我的意思了。"

第二天晚上到了深圳,深圳是阴天,天空被厚厚的云层覆盖,星星和月亮都深锁在云层里面。黎光看到深圳的第一眼,就知道深圳的夜晚根本不需要星星和月亮。那是一幅让人感到无比惊讶的情景,灯火通明,连让人偷偷撒尿的死角都被明亮的灯光打着,深圳就像一个大舞台。到处都是振奋人心的或引逗人心的广告牌,如:十亿人民九亿商,还有一亿待开张;信息时代来临,摸到过河的石头不如摸到一张飞乐股票。

到处都是工地。全国各地来的人，操着南腔北调，来此创业或淘金，每个人的脸上都洋溢着对金钱的渴望。空气里飘散着尘土，纵横交错的电线下面，女人们穿着多样，有蝙蝠衫、文化衫、短裙、西装短裤、开衩开到大腿的紧身裙、紧身牛仔裤，光脚穿着凉鞋，手指和脚趾涂着红色，昂首挺胸走在路上。她们长得没有一个像严听听那样的，也许以前与严听听有几分像，当她们的城市不再需要星星和月亮时，她们也就与严听听越来越不像了。

牛草青的公司开在东门，她的公司什么都做，倒服装、倒彩电、倒圆珠笔，把内地的东西倒到香港，再把香港的东西倒到内地。香港需要内地的玉米、大豆、大闸蟹……内地需要香港的电子产品、化妆品、墨镜……她还想着在吴郭市开第一家鲜花店,把深圳的鲜花送到吴郭去。如果政策允许,她还想开私人出租车公司、长途运输公司、飞机客运公司。黎光想起严听听的理想,她想当飞行员。

东门有许多老房子、老街,和吴郭一样有青砖黛瓦、青石板路。不同的是,吴郭城波澜不惊,不像这里如此喧嚣。从凌晨到午夜,始终人声鼎沸,万头攒动。这里也是新旧结合的地方,野蛮生长的新力量和传统的温良内敛并存。牛草青比以前更亢奋了,穿了一件露腰装,身上喷满香水,一看到黎光就扑上来拥抱他,其实他们才见过一次。

拥抱过以后,牛草青又在黎光的脸上亲了一下。黎光一把推开她。无意中掠过她一眼,仿佛觉得牛草青的嘴唇和严听听很像。所以,当牛草青提议带他去沙头角中英街"开眼界"时,他没有拒绝。过了十几天,牛草青给他办好了"边境特别管理区通行证",他们坐着一辆中巴去了中英街。中英街街心有块界石,将沙头角一分为二,东侧是华界,西侧是英(港)界。中英街不长,也就一里路长。也不宽,刚好够得上两辆小车交会。店铺也都是小小的,一家连一家,大部分经营着款式新颖的金银首饰、手表、珠宝。每家店铺的同类商品都是一样的价格,只有在赠送物品上有所不同。许多人在这里进货,再拿到内地去卖,赚个差价。

牛草青带了四条内地生产的名牌香烟,交给了中英街港界那边的一家门店,赚的香烟差价,她没拿现金,就在柜台上取了一只花里胡哨的男式电子表,店家对她不错,又赠送了她一条镀金项链。临走时她笑着对店家说:"香港是我们的,迟早要把你们收回来。"店主也笑嘻嘻地用港式普通话回答她:"OK 啦,我们等着这一天啦。"

晚上,他们回到深圳东门,去了一家粤菜馆。店里粤曲悠扬,店外摆得满满的南国珍花奇卉,一看就是价格不菲的饭店。牛草青说:"放心,我来请客。"

黎光微笑着点头。

牛草青叫了一瓶荔枝酒。黎光说："我不喝这种酒。我喝一瓶啤酒吧。"牛草青说："我酒量很好的，就是有一个坏毛病，喝多了要坐到人家的腿上去。"黎光说："我认识一位十八岁的女孩，她喜欢听故事，别人给她讲故事，她就坐在人家腿上听。你不是十八岁了，请你不要坐到我的腿上来。"

牛草青不是吓唬黎光，几杯荔枝酒下肚，她就坐到黎光腿上去。黎光想把她推下去，无奈她像粘在黎光大腿上一样。他说："哪有你这样的领导，男下属见了不得吓死？"牛草青一听就回到自己的座位上去了，说："你不要瞎说，我这头牛也就是见了你以后，才想啃啃小嫩草。"黎光说:"你是什么时候'下海'的?真想知道你'下海'前是什么样子的。"牛草青说:"我是一九八五年到深圳来淘金的,我那时候很害羞,见了陌生人,话都说不出来。"黎光说:"现在是陌生人见了你话都说不出来。"牛草青打开包,拿出那条镀金项链挂到自己脖子上,把手表递给黎光,示意他戴上。黎光没有接。牛草青就把手表扔到他身上,说:"你怕什么?不过是一个小礼物,又不要你卖身答谢我。每个人来我公司,我都会送一份小礼物。你好好干,奖金多得是。"

她这句话没有瞎讲。国庆节前,因为上半年业绩不错,她宣布带着公司全体人马去海南玩一趟。她说海南刚建省,她要去考察一下,看看海南经济特区有些什么。

在海南,他们也被牛草青开了"眼界"。牛草青不知通过了什么途径,把自己公司的几个骨干带去了一个隐秘的地下室。地下室的门里门外都有虎视眈眈的壮汉把守望风。随着一阵阵香风,几位美貌的高个子女郎轮流出场,在台上且歌且舞,身姿曼妙。黎光独自走到后面壮汉把守的地方,点着一支烟吸了起来。表演之中,观众是不许离开地下室的,以免有人向公安部门报信。他很想把这件事告诉严听听,问问她有什么感受。世界不一样了,能卖的都会明码标价,她的童话还会保持以前的结局吗?

忽然外面响起了枪声。表演的女郎们消失不见。观众们也被壮汉们催促着离开了地下室。出来后,牛草青说:"我们这次人多,打了点折扣,每个人的进场费不算贵,也就一百块。这笔钱公司出了,大家到外面不要乱讲。"

牛草青走到黎光的身边说:"我刚才看到你受不住走了。你还是见识太少。这种场合才是男人的童话。"

后来他们知道,外面的枪声不是针对地下室的表演,是两个帮派火并。这也是海南刚建经济特区时的怪现象。

在牛草青的发财梦指引下,黎光过了

一段混乱然而激情的生活。那时候,他们的笑容都很明朗,他们的咳嗽都显得很有主见,他们不断地被什么东西在消耗,却自信地认为力量会源源不断地滋生。生活又紧张又刺激,同时伴着空虚和孤独。黎光与牛草青同居了,才好了两个月,她丈夫就从杭州赶来,把黎光打残了一只左手,从此后他的左手捏不牢东西。她丈夫是搞体育的,打起黎光来真是秋风扫落叶。这件事过后,她老公痛下决心,从杭州中学调到深圳大学了。这样也好,牛草青从此不敢和黎光厮混,黎光暗地里松了一口气。

转眼过了快两年了,春节前,牛草青把黎光、总经理、财务主管和办公室主任叫到她办公室里，商讨一件事。

牛草青说："各位，我结婚前有个相好，叫赵一铜。他能量很大，这些年做铜的生意，越做越大，是国内经营铜生意的龙头老大。大家叫他铜老师。他在全国各地都有收购铜和加工铜的工厂、仓库，最近他又到非洲什么地方去收购了一座铜矿。我想从他手上弄点皮毛生意，比如让他给我们一点租赁生意，我们搞几座仓库租给他。再比如，我们去弄块地，造几座厂房，卖给他，或者用厂房入股，我们当股东。当他的管理也行。开发了这一块，我们可以暂停传销这一块。传销这东西，我总觉得要出事。"

黎光说:"你真是想得美。铜老师这样的人,身边不会缺少美女吧?他连你是谁可能都忘了。"

牛草青说:"我认识他的时候,他有老婆了。他肯定记得我的,因为我和他分手的时候,大大敲了他一笔竹杠。那时候他不过是个收破烂的,破铜烂铁旧车废纸,什么都收。摊子不小,钱还不多,他只好把他祖传的金戒指都给了我。铜老师以前当过中学语文老师,人是文绉绉的,有情有义。我把他打得嘴唇出血,脸上瘀青,他也没说什么,还是把金戒指给了我。"

黎光说:"莫不是你去找到他,让他也打你一顿?"

牛草青说:"事在人为,只要努力,万事都有可能。我打听到他最近去了上海,在上海证券交易所办事,办完事再去吴郭市一个宾馆住下来,他今年要一个人在吴郭过年。我们也去这家宾馆住着。找个机会,约他出来吃饭,把金戒指还给他。"

牛草青说的我们,包括她和黎光、副总经理、财务主管、办公室主任。

牛草青捏住黎光的脸颊说:"黎光,衣锦还乡啊。去找你那个小姑娘讲童话噢。"

三天后,黎光跟着牛草青回到了家乡吴郭市,住在风景秀丽的吴郭宾馆。

久不回家，他的心情还是不平静的，大口吸着气。当天晚上，他先回到了父母的家里，才知道他爸正在接受组织上的审查，他爸当"打击投机倒把办公室"领导时，收受了贿赂。当年他和黎光两人父子对骂，彼此都说对方会坐牢，没想到他应验了。他对黎光说："你要认真做人啊，不要像我这样。"黎光说："爸，对不住啊。那时候我也是瞎说。我真的想不到你也会犯这个错误。我想不通。"黎光爸说："我也想不通。"

从家里出来，黎光回到自己租赁的屋里去拿自行车。父亲犯法，他们的房子有可能保不住。黎光想，他要考虑给父母和自己买套房子了。

他走的时候,房门是锁着的,现在是关着,但没有锁。他进屋一看,自行车没了,床上独有的一床鸭绒被没了,屋顶上的吊灯也没了,换了一只赤膊灯泡。

黎光拿了一把铁勺子,朝东墙上使劲地敲了起来。墙那边,老王的声音响了起来:"什么人啊?是黎光回来啦?"

黎光说:"不是我是谁?你胆子太大了,快把我的自行车、鸭绒被送回来。"

一会儿,老王老婆推着自行车过来了,放在他门口,低声说:"鸭绒被没有了,不是我拿的,是老王拿的,带到乡下,送给了他妈妈。"

黎光说:"王阿姨,你真可怜。"

老王老婆说:"是,我很可怜。你饶了我们吧。你出去两年,不都是我们在给你看房子?有一次夜里我闻到焦煳味,以为是你的房子失火了,还起来到你这里来看了看。"

黎光说:"你没看出名堂吧?是不是你的炉子没封好,放在上面的饭锅烧热了?"

老王老婆可怜地说:"是的。"

黎光看了看车子,车子旧了不少,但还能骑。老王老婆说:"车子这么破了你还要?你一看就是发了大财了。一身西装笔挺，外面风衣飘飘。手里拿着大哥大，就缺个美女在怀里抱抱。"黎光说："哎呀，两年不见，你也是变多了。除了乱拿人家东西，还这么油嘴滑舌。"老王老婆坦诚地说："我们是穷人。穷人，怎么变都没关系，没人在乎我们变不变。"

黎光骑到严听听家的巷子，刚到巷口车子就掉了链子。想起两年前与听听在巷口的光景，心里一阵温暖。走到巷子里，发现巷子好像变了，但一时又不知道什么地方变了，它外表还是那个样子，骨子里却透出一股烦躁的气息。黎光想，也许是自己太敏感，太敏感就会失去真实方向，也许是自己变得浮躁了，才会看什么都觉得烦躁不安。

严家大门紧闭,没有灯光。奇怪的是,周围走来走去的邻居,他都不认识。派出所也搬走了。他站了一会儿,明白为什么这条巷子烦躁了,是夜里走来走去的人太多了。

他看到了一个熟人,居委会主任刘阿姨,连忙上前叫住了她:"刘主任你好。"刘阿姨看了又看,叫道:"哎哟,是你啊小黎!好久不见,一看你就和以前不一样了。你变得多了。我也变得多了。我现在忙呀,只争朝夕呀。居委会想搞一个木器加工厂,我去找领导敲图章。你站在这里干什么,来找严听听吧?她一家搬走了,她家房子出大价钱租给了一个香港老太太。那个香港老太太是个美容师,浑身香水味，呛死人，好在不怎么来。严家搬到哪里去了？我们也不知道。再会。"

黎光看着她急匆匆的背影，啼笑皆非。他不过问了一声刘主任你好，就引出了这么多珍贵的生活信息。

他从巷头走到巷尾，怅然若失。

第二天一大早，牛草青就带着办公室主任林叹出去了，两个女人在外面神神秘秘地消失了一天，下午回来喜形于色，说铜老师答应明天晚上来赴宴。

黎光说："金戒指有没有还给人家？"
牛草青说："还了。放在他桌上，他看都没看。这狗东西现在牛了，我坐在他门口等了半天，到中午他才开门。开了门叫我进去，五分钟不到又叫我出去。我只好又坐在门外等，看他叫了餐，服务生送到他房里，他吃好是下午一点多了。他又要睡，一直到下午四点多，才让我进他房间——还只能我一个人进去。任我坐在那里，就当我是个空气，自顾自地打电话、上厕所。上厕所门都不关。"

黎光说："也许他暗示旧梦重温呢。"

牛草青说道："不是。我看得出来，他很倦，什么人都不需要，就想一个人待着。他说话也是前言不搭后语，眼神木呆呆，走在大街上，谁会看得出来这个人是业界老大，几个亿身价，还以为他是个精神有问题的普通老大爷。他以前不是这样的呀,生龙活虎的。他现在老是一个人在外面晃荡,家里人根本不知道他在什么地方。照我牛草青的想法,他的精神和身体早就亏空了,冰冻三尺非一日之寒呀。"

黎光说:"你也不要推卸责任,如果他真的精神出了问题,你也是他下滑路上的一个原因。当然,你管不了那么多,你还是多替自己想想吧。"

牛草青说:"我现在不敢说满话,也许哪一天我也像他这样了。当然我首先得赚几个亿才能变得像他这么万念俱灰。"

酒店就在宾馆里,牛草青带着黎光他们,六点钟就坐在包厢里了。铜老师喜欢吃粤菜，她就点了澳洲龙虾、澳洲带子、马达加斯加鱼翅、墨西哥鲍鱼。到了七点钟，铜老师才出现。他就一个人，穿着拖鞋，蓬头散发地走进来，眼睛朝牛草青一瞄就收回去了。牛草青看在眼里，不吭声，一迭声地催服务员上菜，问铜老师："喝什么酒？茅台还是轩尼诗 X.O？"

铜老师恍若未闻，坐下来，沉默地吃。他的吃法让黎光看了难受，山珍海味，他吃到嘴里毫无表情，味同嚼蜡的样子。而且他越吃越冷，扣上衣服扣子，拿起牛草青的丝绸围巾系到了自己的脖子里。林叹把自己的厚羊毛围巾拿过去给铜老师看看，示意他把丝绸围巾换下来。铜老师也朝她一瞄，迅速收回目光。林叹头颈一缩坐回自己的座位。

牛草青凑过去,低声下气地再问他:"喝什么酒?"

铜老师说:"不喝。"

一会儿,铜老师好像吃饱了,扔下筷子说:"江汉曾为客,相逢每醉还。浮云一别后,流水十年间。欢笑情如旧,萧疏鬓已斑。何因北归去,淮上对秋山。"原来他在吟诗,吟完这首韦应物的诗,他伸手到口袋里摸出他的"大前门"香烟,牛草青拿起火柴,替他点上。铜老师在烟雾里对牛草青说:"这些年来,你除了想钱,还想些别的什么?"牛草青说:"除了想钱还是想钱,没有别的。连男人都不想了。"听到这个回答,铜老师的脸上浮出笑容。他这么一笑,黎光发现他长得不难看,也不太老。他的笑容很是真诚可爱,甚至有点儿孩子气。

这时,隔壁的包厢里响起一阵哄笑声。笑声停下,有个人说了些什么,又响起一阵哄笑。

铜老师站起来说:"我听出来隔壁有一位见过一面的朋友,我去看看他,不知道他还认识我不?"他说完就走掉了,去了那个不断哄笑的包厢。牛草青对我说:"黎光,你跟过去看看。铜老师是我们的人,别让别人把他引走了。"

黎光跟在铜老板后面。铜老板推开隔壁包厢厚重的樱桃木门,大声说:"我是赵一铜,你们这里有谁认识我吗?"里面一阵沉默,突然有个北方壮汉从座位上站起来,朝铜老板又惊又喜地奔过来:"哎哟哎哟,我认出您来了。我真是太高兴了。请也请不来您哪,是哪阵风把您给刮来了?"铜老师说:"我在你们隔壁谈事情,听到了你的声音,就过来看看你们笑什么?"

他们重新排位子坐好,这次铜老师坐了主位。没人在意黎光,他就站在门口服务台旁边。

北方壮汉站起来,端起酒杯说:"今

晚真是太高兴了,早上喜鹊一个劲地叫,原来贵客到。我们现在重新开始,第一杯酒敬我们尊贵的客人赵一铜老板。"

喝完了第一杯,铜老师问:"你们刚才在笑什么?说出来让我也高兴高兴。"

他话音刚落,大家就热闹起来了,推来搡去,最后把一位穿着白衬衫、黑白格子呢短裙的姑娘推到他旁边坐下。黎光看见那姑娘,脑袋"嗡"的一声,这不是严听听吗?

黎光摇摇脑袋,定一定神,仔细看去,不是严听听是谁?她一点也没变,还是那么朴素淡雅。也还是那么美,头发差不多披到了膝盖。看到她没有变化，黎光心里松了一口气。

铜老师问严听听："你来告诉我吧，你们刚才为什么那么笑？"

严听听一本正经地说："我们刚才在讲童话故事。我讲的童话，他们都说是骗人的。"

铜老师说："你讲了什么？讲给我听听。"他说完，大家又是一阵笑，严听听微笑着对他说："我姓严，叫听听。我讲出来的故事，大家又要笑，不如你讲一个吧。"

铜老师专注地看了严听听一眼说:"你喜欢听童话故事?那我来讲个给你听。世界变了,我以为再也安不下一个童话了,看来我的想法太悲观了。我讲的是一个穷小孩,男孩。他读书很认真,功课也好。可惜家里太穷,供他读到高中就再也供不起了。他上头两个哥哥都送给别人家当儿子了。这个小孩高中毕业后,就在乡里的中学当老师。当了十年老师,碰到了好时代,他离开学校,开了一个废旧品收购站。后来专门做铜加工,越做越大,有自己的铜矿,全国各地都有工厂、仓库……他租了飞机、火车跑运输。他有了钱,最想做的事就是找回他两个哥哥。他的爸和妈临死前都和他讲,要千方百计地找回他两个失散的哥哥。爸和妈都走了后,他孤独一人,一想到这世上还有两个哥哥,他的心里就涌起生活的愿望。于是他到处找,找得很辛苦,终于把两个哥哥找到了,一个在青海,一个在新疆。他们都有了孩子了。他们拖儿带老来投奔弟弟,弟弟为了他们,特地在山清水秀的南方建了一座崭新的小镇,全是青石板的路,路两边分散着别墅,别墅的院子都有四五百平方。他给小镇起了名字叫欢笑镇。欢笑镇上有温泉。欢笑情如旧啊。"

北方壮汉说:"这个故事的主人公就是赵一铜老师。两个哥哥,一个叫赵一金,一个叫赵一银。来,大家敬铜老师。"

铜老师没有端酒杯,说:"大家请安

静一下,我有重要的话要说出来。"他扭头对严听听说:"小姑娘,想不想和我一起赌一把人生?拿你的青春赌明天。赌得好,你不仅有一个信任你的依恋你的丈夫,还有数不清的荣华富贵。你拿青春赌,我拿命赌。"

除了严听听一时发愣,谁都知道铜老师在说些什么。他说得平静,却把大家吓得鸦雀无声。

黎光的大哥大响了起来。是牛草青打来的。他回到了自己人身边,眼里闪着泪光,把铜老师看上严听听的事告诉了大家,并且说:"铜老师可是有老婆的。"牛草青说:"不足为奇,好的时代都是情感开放的。他可以离婚，也可以不离婚。那个女孩可以当他老婆，也可以当他的小三。"

大家都忽略了黎光眼睛里闪着的泪光。饭桌上，喝到世界模糊或摇晃时，什么情况都会发生。

正说着，铜老师一推门，站在门口说："我要回房间里洗个澡，打扮打扮。我今晚喝多了，你们谁扶我去房间？"林叹和牛草青闻言立刻站了起来。但铜老师忽然想起了什么，朝黎光一指，像国王一样命令他："就你，你来侍候我。从今后我不要女人来侍候。"

黎光走出去，一路扶着铜老师的手。铜老师说："我刚才看见你一直在门口站着，我说的话你都听见了吧？"

黎光说："听见了。"

铜老板说："我一看见她，就知道我是她的人。她会拯救我，她是我生命里的绿洲，她会滋养我的生命。"

黎光说："她是许多人生命里的绿洲，她滋养过许多人，包括我。"

铜老师问："此话怎讲？"

黎光说："老头，我追她追得好伤心。她不愿意，我也没办法。"

铜老师说:"小伙子,你眼光好。"

黎光说:"你放过她吧。她才二十岁多一点,还什么都不懂,是个活在童话里的人。你有五十了吧?还是六十?"

铜老师说:"我才四十三岁。她不需要懂,她天生就有一种拯救人的能力。只要她肯要我,我会把我整个世界给她,因为我要靠她续我的命。"

黎光把铜老师带回他的房间,坐在外面等着他洗完澡。铜老师从浴室里出来时,精神焕发,就像换了一个人。他不仅洗了澡,还洗了头发,喷了香水,换上了西装,穿上了皮鞋。他对黎光说:"小伙子，想不想听欢笑镇后来的故事？嗯，弟弟的两个哥哥、两个嫂子，加上各自的三个小孩，小孩们的爷爷奶奶、外公外婆、舅舅阿姨、叔叔伯伯等亲朋，一共四十几个人，十几家，住在欢笑镇里，开始过得真是其乐融融。弟弟还把两个哥哥和两个嫂子安排进了集团公司。然后就不太平了，吵的吵，闹的闹，争权夺利。他们不缺钱，可任何时候说话，都带着钱这个字。欢笑镇变成了苦笑镇。"

黎光还是说："你看到我脸上在苦笑吗？请你放过她。"

铜老师说："不放。我下半辈子就靠她了，我不会看错人。"

过了片刻，铜老师说："我想当时代的英雄，可我却成了时代中的一个小丑。在听听面前，我才相信即使是一个小丑，也有莫大的价值。"

黎光听了铜老师的话，无法不动容。他再也说不出任何话了。他把铜老师送进包厢，也就是说，送到严听听的身边。他没有进去。门开的时候，他看见严听听凝重的脸，两个和她差不多岁数的女孩围着她悄声说话。包厢里灯光打得很亮，严听听的长发上好像折射出白光，让黎光看了头晕目眩。

严听听抬头问铜老师："我们就算开始了吗？"

铜老师肯定地说:"开始了。从童话开始,永远没有结束。"

隔壁这里,牛草青说:"大家都不要走啊。等着铜老师把好戏演完,我们再见机行事。"说完她闭上眼睛,把头一仰,坐在椅子上睡着了。片刻,她身子一歪,慢慢地倒下来,大家只当没看见,任由她一头倒在地上。明天就是除夕,她把大家拖到这里,这会儿还要大家看好戏,眼见得大年夜不能和家人团圆了。一会儿她醒过来,自己爬起来,换到沙发上去睡了,并且发出惊天动地的鼾声。大家静悄悄地坐在桌子边,面前摆着残羹冷饭,心里怀着各种心思,耳朵里听着如雷鼾声。

睡了大约半个小时,牛草青的鼾声戛然而止,睁开眼睛,说:"隔壁要散了。"

隔壁那一桌确实要散了,椅子在挪动,好几个人已经走到门口,互相道别。

牛草青问:"几点了?"
林叹说:"快十点钟了。"
牛草青说:"黎光,你去看看铜老师朝什么地方去了。跟在后面,不要惊动他。"
黎光说:"我不去。"
林叹说:"我去吧。我实在太好奇了。但是跟着人家干什么?人家要进房间的。"
牛草青说:"今天他们不会进房间。铜老师对待他上心的女人,不会这么随便。"

林叹去了十几分钟,上来说:"铜老师和那个女孩在大厅的茶室里说话,说着说着,铜老师就坐到地上,把脸枕在女孩的膝盖上。他看见我好奇地东张西望,也不恼,叫我过去,对我说,明天晚上,他在这里的二楼办一个盛大舞会。让我们都来。他还要把上海、杭州、南京的商界大佬们、朋友们都请过来。"

牛草青说:"明天是大年夜。他要办舞会干什么呢?哎哟,那就是向大家宣告他的爱情了。这位小姑娘到底是什么来路?铜大老板捉一个小姑娘要闹这么大的动静,从来没有过的。"

林叹说:"我听那些客人讲,这位姑

娘是普通人,两三年前得过本市的选美冠军。因为家里最近买了房子,要还债。所以就答应了人,出来陪个酒。她这样的人,陪一场酒也就两三百块钱。"

牛草青说:"谁想打赌?这个女孩到底能不能拯救铜老师?"

林叹说:"这没法赌,你用什么标准衡量拯救和非拯救?"

牛草青说:"好赌的。如果他们在一起以后,铜老师改变独往独来的习惯,说明他得到拯救了。如果还是像以前一样孤僻不近人情,说明铜老师这次又失败了。以前他找我的时候,分手就是这么说的,说他又没找对人。"

林叹说:"我赌铜老师失败。"

大家纷纷赌铜老师失败。牛草青说:"我也赌他们的关系以失败告终。黎光,你呢?"

黎光摇着头,忍不住抽泣起来。

这场戏就这样了。黎光的除夕夜是一个人过的,他的房间位置不错,下面是一个挺大的花园。里面亭台楼阁,小桥流水。蜡梅花的香味悠远绵长。隐隐约约听见二楼的乐声,灯光从窗帘里透出一点,落在花园的水面上。

他始终看着花园。他很明白发生了什么,也知道将来会发生什么。

过了十二点,各处的烟花爆竹一起放起来,惊天动地,仿佛要把地底下的魂灵也惊醒过来,一起庆贺人间的无尽期望。烟花爆竹声里,花园成了最幽静的地方,一对情侣挽着手走了进来,在花园里不知疲倦地走,无穷无尽地走。花园被他们越走越小,最后花园小成了一叶扁舟,他们坐在扁舟上,驶向远方。这对情侣就是铜老师和严听听。铜老师不停地说着什么,严听听仰脸听得很专注。铜老师在说什么呢?他在讲童话吗?很显然,他的童话有着完美结局。他不知疲倦地讲着同一个童话故事,严听听百听不厌的童话。讲着讲着,他会不会就此深信不疑?

黎光说:"你傻呀。"这句话不知道是

说严听听的,还是说自己。

大年初一,他回到了自己的出租屋。他没有和严听听见面。严听听在吴郭市过了正月十五,才跟着铜老板去了他的家乡。

不出所料,牛草青和她的团队抓住了这个机会公关。舞会后,他们给严听听送了重礼,甚至还想把严听听聘为公司的副总经理。一来二去,严听听和他们认识了,也知道了黎光的存在。交往产生了感情,感情产生了利润。牛草青得偿所愿,得到了铜老板的帮助。黎光也得到了牛草青的奖励,拿到了一大笔奖金。他退出公司,离开深圳回到家乡。

他的父亲因为是主动坦白，免于刑诉，但开除公职、开除党籍。那幢别墅是受贿而来，上交给了政府。

一九九二年夏，他拿着那笔钱去买了一个价钱十分便宜的房子，一所市中心的小院落，三间白墙黛瓦的平房，一个一百多平米的小院子。房子和院子都有些残破，下雨时屋里会漏水。但是小院子里能种种花草和树木，他爸妈每天都与院子里的土打交道，这种状态也就像在家修行了。到了第二年，破旧的院子因为花草树木的繁盛，变得朴素而有生气，可以听雨打芭蕉，也可以踏雪寻梅，与莲听诵，或与竹同舞。

这时候,黎光收到严听听的一封信,上面写道:黎光你好!不要惊奇,你现在住的房子是我的。花亚嫁了一个外国人,这房子她不要了,卖给了我。我为了感恩我哥我嫂,就用了我的侄儿的名字买了下来。说起来我俩互不相欠,你活在你的故事里,我活在我的故事里。但我还是把房子便宜卖给了你。你高兴吗?我跟铜老师去了他家,自从俞阿婆死后,我还没找到给我讲故事的人。现在他给我讲了,讲那些我妈、我哥、俞阿婆讲过的故事。他说他有一天一定会相信这些故事的。我们去了他家,等着我的是他的太太和两个儿子,还有一大堆亲戚、亲戚的亲戚。当然这都是没关系的,我们去了两天,他就带我离开了那里。他说以后要与我同进同出，比翼双飞。我们要互相建立信任，在信任的基础上结婚生孩子。他带我去了一些中国最好玩的地方，最好吃的饭店。带我去了世界上一些最好玩的地方，最好吃的饭店。然后我们就去了一座岛上待着，这座岛是他的，岛上有山有湖有树林。等到我们从岛上出来时，才半年的工夫，他的施工人员就在繁华的大城市里给我们造了一座大别墅。别墅里有大宴会厅、大酒吧和几个藏酒窖。我们用着几个国家的特色厨师，法国、英国、日本的。我们在里面经常招待客人。来客要像汉朝人一样，进门就洗澡。我们有一个很大的洗澡房，水是从山上引来的温泉。希望你也来做客。

黎光把信在炉子上点着了。

他不想回信,如果他回信的话,一定要问她:你们现在还讲童话吗?他还要警告她:当心成为压垮骆驼的最后一根稻草。他不想这么做,他想写童话了,写给自己看,也写给孩子们看。他心里有了沧桑,想法就不一样了,故事的结尾也与以前不同。他很乐意让故事有个明亮的结尾。他把《桑树的故事》改了结尾:挖桑树的老爷爷想到了一个好主意,不再挖树了,回去告诉村里人,每人领养一棵桑树,桑树不够的话,大家再去种一些。至于领养的细则,让孩子们说了算。结果,这个村里的孩子们和大人不一样,他们互相谦让,一点纠纷也没有。《狐狸的悲伤》也改了结尾：狐狸妈妈咬了爷爷一口，爷爷又疼又恼，抓起三只小狐狸就要扔到水里去。这时候，爷爷的孙子说："爷爷，狐狸妈妈不过咬了你一口，你不要淹死它的三个孩子，也咬它一口好了，这样才公平。"

世界在改变，我们虽然经常束手无策，但还得相信未来吧。他想。

一九九四年十月十一日，黎光看到好几份国家级的大报纸上同时报道了一则消息：商界传奇人物赵一铜于昨天不幸病逝。一些小报上详尽描述了赵一铜逝世前的行踪。他和往常一样，一个人去外地度国庆节。在外地的某个宾馆里，他夜里心脏病突发而亡。死的时候他的亲人们都不知道他在哪里,是公安局根据他的身份证确认了他的身份。他没有遗嘱,也没有指定接班人。他还没火化,他的两个儿子、两个哥哥、众多的私生子女已经开始抢权夺利,互相告上法庭。他留下的庞大商业帝国将分崩离析。

牛草青对铜老师和严听听命运的预测不幸言中。

与此同时,黎光也给自己的人生预设了一个大团圆结局。他已经知道,严听听在铜老师猝死后生了大病,九死一生。他会赶到她的住地,把她接回家。他和他的房子终于等来了女主人。他见到严听听的

第一句话应该这么说：铜老师独自猝死，不是你的错。他碰到你的时候，精神已是岌岌可危，任何人也救不了他。你要考虑救你自己。

　　这个预设的人生结局俗不可耐，但对黎光是最好的结局了。对严听听来说也是。黎光爱她爱了若干年，一直迷失在她的天真和单纯里。现在才知道，天真和单纯并不意味着没有创伤。

李记什锦小菜

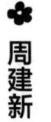

周建新

| 李记什锦小菜 |

一

芒种时节，辽东湾的海风强硬地吹着，吹进了酱菜厂的破大院。

院子里，人头攒动，两伙人对峙着，谁也不肯退让。一伙来自镇里，镇长陈升坐镇，派出所所长和司法助理助阵，推土机殿后，泰山压顶之势。另一伙是群腌菜工，背靠腌菜池子，粗壮的胳膊铁链子般挽在一起，师傅李碱蓬居中，眼睛盯着推土机，背水一战。

对峙成了僵局，没人妥协。

太阳越升越高,白雾拱出腌菜池子上的秫秸斗篷,袅袅扩散,院里的腥咸味更浓了,熏得太阳都结了一层盐痂,苍白地照射着。

僵持得这么久,海风都吹烦了,镇长陈升怎能不烦,多大个屁事儿,腥味熏天,招得蝇虫满天飞的几个腌菜池子都碰不得,镇政府的颜面何在?权威何在?

归根到底,陈镇长天天摔打在基层,有经验,晓之以理不好使,强制执行还欠点儿火候,那就喻之以利。天下攘攘,皆为利往。新东家孙利别藏着掖着了,赶快过来,酱菜厂改制,这个大院归你了,镇政府都替你打工呢,别乌龟头总缩着,一百多万买下的,你就肯撂荒?

大老板孙利转战商场好几十年,最会计算得失,早成了商界精英,大腹便便不假,装的是一肚子算盘珠子,哪儿多哪儿少他再清楚不过了。收购集体资产,他练得比狐狸还精,利益调整,就是矛盾的风口浪尖,他才不驾船出海呢,让政府打先锋,风头过去就可以坐收渔利了。

收购镇里的酱菜厂,最大的障碍就是老师傅李碱蓬,厂子的创办者是他们家的老祖宗,小菜的种植、腌菜的配方都在李家的手中,孙利不想得罪这个老师傅。得罪李碱蓬和他的徒弟们,就是和自己的明天过不去,买下镇里的酱菜厂,需要干活的人,特别是会腌咸菜的。他还要建设一座现代化的酱菜厂,生产规模翻上一千倍,没人怎能行?

镇长陈升不是善茬,他在电话里直截了当冲孙利吼,我这儿风高浪急,你却稳坐钓鱼台,再敢"躲猫猫",我让你一百万打水漂。

这话太有震慑力了,孙利来得比坐直升机还快,显然在附近盯着呢。名扬天下的酱菜厂,商机无限,煮熟的鸭子不能飞,老婆丢了也不能丢厂子。眼下,镇长与李碱蓬形同水火,逼得他必须有所取舍,只能豁出去李碱蓬了。再说了,腌咸菜么,以后就用流水线了,老经验不一定都管用,那么一大帮徒弟呢,还顶不上一个诸葛亮?

商人孙利,不会像镇长那样强硬,有钱能使鬼推磨,能不得罪人,尽量不得罪人。他以开工资为由,端着花名册来现场点名,谁过来提前预领高出原来一倍的工资。若是怕钱咬手,就意味着此处不留爷,土豆搬家,滚球吧。

简单的一招儿,无须强拆的气势,也无须推土机的吓唬,李碱蓬队伍的铜墙铁壁开始松动。两倍的工资呀,谁舍得下这么好的差事?到底是新老板有气魄。既然新老板不觉得老池子有多重要,死犟着跟随师傅保池子,有啥意义?惹爹妈也不能惹老板,养家糊口得靠老板。他们先是瞻前顾后地左右瞅几眼,随后胳膊便一个接一个地松懈下来,最终围向了领工资的签名簿。李碱蓬的联盟就这样轻而易举地土崩瓦解了。

时机成熟,镇长下令,强制执行,推土机徐徐开动。

李碱蓬额头青筋暴起,操起腌菜池子旁的铁锹,高高地举过头顶,扑向人群。推土机的司机本来就犹豫,见此景,立刻熄火。强制上来的人群看着李碱蓬眼里喷血,一副玩命的样子,吓成了受惊的兔子,生怕脑袋撞在铁锹上,就连派出所所长也不例外,也怕铁锹。

镇长被闪成了孤家寡人,直接成了李碱蓬的发飙目标。他吓傻了,呆呆地等着铁锹落下,脑袋搬家。

出了人命,再有理也是犯罪。

女儿百合穿过人群,风一样跑过来,伸出纤纤细手,抱住父亲青筋暴起的胳膊,轻轻地在耳边吹了句,我妈咋办?李碱蓬被念咒一般,立定不动了,百合轻松地摘下了那把闪着寒光的铁锹。

这一刻,连天上的太阳都松了口气。

惊魂未定的陈镇长,面对天使般掉下来的百合,一时手足无措,呆呆地瞅铁锹的眼睛变成了呆呆地瞅百合。只是眼里少了惊恐，多了劫后余生的温情。

难怪镇长眼里的暖意来得那么快，百合确实耐看，典型的黑牡丹，鸭蛋脸儿黝黑发亮，杏眼佛鼻四方嘴，尤其是比脸还黑的长睫毛，忽闪忽闪的，多沉重的心扉都能被打开。陈升还没有升华到仙，他也是人，直面相视，怦然心动，强拆的欲望顿时矮下了一截儿。

百合未曾开口，笑出了一排雪白的牙，她给陈镇长鞠个躬，劝他别生气，忙替父亲道歉，说她父亲只瞅得见咸菜，见不到大势所趋，若有长远眼光，不也当镇长了？别跟他一般见识。

| 李记什锦小菜 |

放下铁锹的李碱蓬,并没放下愤怒,尤其听到女儿对镇长的奉承,怒火重燃,迸发出一句国骂,震天动地,回荡在整个硝盐锅村。那句国骂,直至几年后,陈升升任了县长,到村里视察,人们还嬉皮笑脸地重温,弄得陈县长面红耳赤。

那一刻,百合仿佛没有听到父亲的国骂,继续哄着陈镇长,咸菜池子是父亲的命根子,强行拆了,他肯定接受不了。给我一天时间,我保证能说服父亲,拆迁的事儿,不劳镇长大驾,晚上我带人来拆,拆不完,明天再让推土机来平,行不?

看着百合满脸的真诚,陈镇长不好意思说不行,也不愿意草草收场,毕竟挨了骂,又差一点挨一铁锹。百合说,您是父母官儿,孩子犯了错,父母哪有不原谅的?

陈镇长被弄得哭笑不得,好在百合铺了个台阶,他可以借坡下驴,只是虎着脸说,我要的是结果。

百合说了句,没问题,当场签下免费拆迁腌菜池子的保证书,如果不能如期完成,承担所有后果。写完,她还举过头顶,让所有人看,还把保证书交给了镇司法助理保管。

一片云彩就这样散了,人群乱哄哄地离开,酱菜厂空无一人,寂寞地等待着寿终正寝。

镇长是最后走的,海风中,百合听到,镇长对陪在身边的派出所所长狠狠地说了句,你等着。

二

酱菜厂就在海边儿,天天享受着海浪的轻拍,厂子通往村子的路,铺满了细碎的蛤蜊皮。硝盐锅村的人喜欢把吃空了的蛤蜊皮扔在路上,长年累月,海边的烂泥路变得越来越干爽,白净而又有弹性,踩上的感觉超过红地毯,特别舒服。

走在这条小路上的李碱蓬，并没有因此舒服下来，他的心像堵了块水泥，把整个渤海的水都浇给他，也浇不开那块心结。百合成了膏药，粘在父亲的胳膊上，甩都甩不掉。她边走边抚父亲的胸脯，想方设法让海风把父亲肚里的怒气捎走。

父亲骂着镇长，王八羔子操的，那几个腌菜池子，是康熙初年挖出来的，虾油浸了三百多年，海泥都浸出了小菜味儿，康熙、乾隆、道光、咸丰，哪个皇帝不挑剔？谁嫌咱家的腌菜池子脏了？镇长却说脏，不但卖了，还要毁掉。

百合纠正说，不是咱家的腌菜池子，是镇里的、集体的。

父亲说，镇里的？那池子是咱李家祖祖辈辈传下来的，传到了你爷爷……对对，公私合营了，镇里的。说到这里，父亲长叹一声，不是镇里的，也传不下去了，谁让我绝户了呢？

百合生气了，立定不走了。她说，我不是你生的？

父亲摆摆手，他可以娇女儿、惯女儿，可这个独生女早晚要嫁人，成了别家人，传不了李家的香火。

百合说，就算你再生了个儿子，也不一定比我强，好女顶三郎，今天我就让你看场好戏，咱立马去买十几口大皮缸……

女儿的话还没说完,李碱蓬眼睛突然一亮,拍了脑门,猛然醒悟,闺女答应镇长自己动手拆迁,原来不单单是为了缓和矛盾,醉翁之意不在酒啊!他骂着自己糊涂,酱菜厂不重要,池子不重要,康熙乾隆也不重要,重要的是池子底下淤积的虾泥,那是储藏了三百多年的精华,也是李家腌的小菜的独门绝技,只是别人不懂得罢了,以为李碱蓬的闹仅仅是反对改制而已。

憋了一肚子的怨气,被女儿一下子疏导开了,郁结的块垒像夏日的洪水,一泄入海,李碱蓬顿感神清气爽。闺女真是贴心的小棉袄,老池子没了,虾泥再埋了,他真的会憋出病来,没准和老伴一样,得上肝癌。

| 李记什锦小菜 |

穿过街巷，进了家门，李碱蓬看到，老伴的脸黑里透黄，过了小满，还戴着帽子，遮掩化疗后的光头。此时，她正趴在炕沿上，褪下裤子，露出屁股，给自己扎吗啡，错过了时辰，疼痛会立刻弥漫全身，她会无法忍受，恨不得用锄杆把坏透了的肝顶出身体，别再遭这份儿罪。看见父女二人进了屋，她提上裤子，对李碱蓬说，让我走吧。

百合没听懂，问，去哪儿？母亲的眼光跳出窗外，望向远处的一道山峦。那道山脉叫小虹螺山，从海边横跨辽西走廊，行走三十多里，就到了小虹螺山。山坳里的一面阳坡，静卧着一片坟头，那是李家的祖茔，接二连三地埋着给一代代皇上腌过咸菜的人。

想说的话,都在眼神里,百合突然明白了。她说,又出新药了,妈,你的病能治。

母亲摇着头,妈的心病没人能治。

妈的心病就是李家的心病,把酱菜厂盘回来,重新姓李。前些年,镇里没有别的产业,像穷人家看老母鸡下蛋般,看着酱菜厂的利税,好给镇干部发奖金,帮镇政府养敬老院,修海浪损毁的码头。现在镇里终于松口了,允许改制,母亲却是病来如山倒,治疗肝癌花掉了近百万的积蓄,原本衣食无忧的李家,重归一无所有，睁眼看着酱菜厂归了别人。

母亲悲观地说自己，作孽了。百合并不悲观，哪怕母亲能多活一天，她也没白努力。再说了，母亲有两手绝活，她还没学会呢，一是种菜，二是切菜。

镇里酱菜厂的厂长不知换了多少茬，有的当了副镇长，有的改任村支书，不换的只有李家夫妇，李碱蓬负责腌菜，母亲负责种植各种小得不能再小的小菜。

酱菜厂的主打产品叫什锦小菜，由十样特殊的小菜组合而成，是清朝的皇帝们最爱吃的那种，名儿也是乾隆爷起的。当年乾隆爷沿辽西走廊回盛京祭祖，吃惯了鸡鸭鱼肉的乾隆,得了厌食症,驻跸锦州府时,忽然想起进贡给爷爷康熙帝的小菜。反正硝盐锅村离锦州府不算太远,乾隆爷心血来潮,快马加鞭微服私访,尝到李家小菜之后,顿感清爽,饭量大增,欣然留下题联:名震塞外九百里,味压江南十三楼。横批:什锦小菜。事后,锦州巡抚派人叩头索字,李家才知道,家里来了皇上。巡抚办事很讲究,找工匠把皇上的字做成了门楣,敲锣打鼓地送到李家。

什锦小菜说起来容易,吃起来鲜爽,做起来可不那么简单,上百道工序呢,一毫也不能差。货走天下,德行千里,这是李家老祖宗定下的规矩。人死了不怕,还有下一辈,一代一代往下传。

这么多年，两口子看家虎一般守着什锦小菜，咸了淡了，长了短了，老了嫩了，鲜了陈了，差一点就要吼。尤其是李碱蓬，比老牛还执拗，无论谁当厂长，都不让染指腌菜池子，生怕有人瞎指挥，坏了规矩，那是他和徒弟们的世界。

正是因为李碱蓬的苛刻，小菜的产量总也上不来，徒弟们按部就班，各守各的池子，死板得一成不变，所以，从没出过差池。天天如此，表面看，腌菜就这么简简单单，没啥技术含量。

只有百合知道，就像平如镜面的大海，不动声色的下面却是各种生物的绞合，各种暗流的交汇。同样，什锦小菜的各种原料的配比,各种火候的把握,千差万别,一时不慎,便会走味。嘴糙的,当就饭吃的菜,无所谓;嘴刁的,品出的味儿不对,肯定扔进垃圾桶。

对于父亲的手艺,百合从来没觊觎过,她在省农大念书,学的是土壤栽培,大四了,她的就业方向是考进哪个研究所,当个有学问的人就够了。恰巧家里有各种各样的菜田,有祖传的小菜种子,都是她的研究方向,还能边实习边照顾母亲。

今天的偶发事件,突然让她改变了主意,反正镇里的酱菜厂改制了,父亲本事再大,新的酱菜厂也不可能留他。没有机会再腌小菜，父亲肯定会抓心挠肝地难受，与其被动地等待痛苦，还不如主动出击，她瞬间作出决定，和父亲一道，靠十几口大缸，帮父亲找回尊严，为李家祖先恢复荣誉。

于是，她催促父亲，马不停蹄地出去买缸，买得越多越好。

父亲前腿走，百合背着母亲下了地。家里的地很分散，高岗、坡地、下洼地都有，需要绕很多圈儿。百合走得并不累，病了三年多，母亲只剩下皮包骨，快瘦没了。家里的地种的不是庄稼，是各种特殊蔬菜，腌菜专用的，按生长习性的不同，种在不同的地块。

比如地螺,有砾石的沙土地才好,地薄和缺水限制了地螺生长,才会是小巧玲珑。比如小黄瓜,喜水喜肥,不想让它们长大,靠盐碱和密植,结得又多又小,所以适合洼地。比如豇豆,爱生虫子,又不能打药,种在院子里最好,从开花起,看住蛾子和蝴蝶,晚上挂灭蛾灯,白天不让它们落,还得先用大水催长,然后突然断水,旱它几天,豇豆就会又细又长,不能长粗。最为讲究的是芹菜,什锦小菜,芹菜为君,最好是立秋后的,顶着露珠去掐,不能掐芯,也不能掐外层的老茎,一棵芹菜只能取中间的那两根不老不嫩的茎。

地里的这些菜,有的刚冒芽,有的刚

种上,母亲闭着眼睛,趴在百合的背上,似乎觉得满地绿意葱葱,一宗宗一件件地讲各种小菜的特性和妙处,比农大的教授讲得透彻,直至累得喘不上气来,还没忘强调,这些小菜都不许打药。

回家的路上,百合这才告诉母亲,父亲出去买皮缸的真正用途,李家因祸得福,光宗耀祖的日子不远了,她让妈好好活下去,许多好消息等着她呢,不能那么着急地去那个地方,否则列祖列宗会失望的。

母亲的眼泪打湿了百合的脊背。回到家中,母亲躺在炕上,还在叮嘱百合,摘黄瓜要顶花带刺的,从冒芽到长成,只有两个多时辰，黄瓜不能攥，也不能捏，得用手心捧着。小黄瓜仅有寸把长，小拇指粗，摘下时，不能硬拧，也不能留蒂，更不能用金属触碰，最好是把指甲留长，用指甲掐断。给黄瓜除草时，不能伤根，伤了根的黄瓜苦，腌出的是硬芯儿。

百合一向认为，什锦小菜好吃，那是父亲的功劳，靠调虾油，调盐卤，增添鲜味儿；没有想到，小菜的种植，也需要这么精细。看样子，天下不可多得的好东西，都是来之不易。毕竟身在农大，百合懂得母亲的甘苦。小菜之所以叫小菜，奇妙之处在于菜长得小巧，除了选好种子，采摘的时机特别重要。

母亲的身体日渐枯萎，今后菜怎么种，怎么莳弄，怎么采摘，全指望百合了。自然，小菜也可以采购，可谁能保证不施化肥、不打农药？既然大皮缸能把虾泥搬回家中，那就意味着，李家做的小菜又将是独一无二，兴奋让母亲的疼痛化成了麻木。

歇息了一会儿，母亲接着唤百合，她还没教会女儿怎么下刀切苤蓝呢，她要看着百合亲自操刀，告诉百合，苤蓝要切成菱形，薄厚大小需要完全一致，误差不能超过一毫米。

说完这些，母亲累得浑身虚汗，气喘吁吁，再也说不动了。可这仅仅是小菜种植表面上的事情,还有许多经验,还没传授给女儿呢,她要坚强地活下去,不能把本事带进小虹螺山的李家祖坟。

百合心疼母亲,来日方长,不能一下子讲这么多。然而,母亲却觉得来日不多,即使再虚弱,也是不吐不快。

这时,夕阳西下,百合有些神不守舍了,她不断地瞅着窗外,看父亲把大皮缸拉回来没有。她承诺,今晚把露天的老腌菜池子拆掉,一旦大皮缸买不到,她不去拆,镇长也会带推土机强拆,三百年的虾泥就会毁于一旦了。没有虾泥,小菜种得再好,能有什么意义?

百合实在担心，父亲买不到大皮缸，这个时代，传统的老物件，消失得比晚霞还快。塑料桶又轻又薄又结实，想要多大就能做到多大，谁还用又粗又笨又重的缸？大皮缸是泥烧的，原理和腌菜池子差不多，既有密封性又不缺渗透性，既能承接阳光雨露，又能保持日月的精华，虾泥保存在这种容器中才不会变质，这是她和父亲心照不宣的共识。

正在担忧之时，父亲的电话打了进来，到酱菜厂了，等她呢。百合喜上眉梢。

三

买大缸，上下嘴唇一碰容易，做起来却不容易，镇上早就没人卖缸了，装水腌菜，用的都是塑料桶，想买缸，要跑到更远的地方。硝盐锅村位于辽西走廊里的两座城市之间，李碱蓬几乎在两城跑了一天，最终在锦州一家土杂公司的仓库里，找到了库底子，他们把积压多年的货全抖搂给了李碱蓬。

雇了一辆大卡车，李碱蓬马不停蹄地往回赶，随着卡车的颠簸，他的心也提到了嗓子眼儿，他太害怕镇长反悔，趁着没人，用推土机把腌菜池子推平了，那样的话，女儿的妥协变得毫无意义。

一路上，他不断地给徒弟们打电话，拿着铁锹钢镐铁钎，到腌菜池子旁等他。这样既表示出主动拆除腌菜池子的姿态，还可以让徒弟们替他看护，免生意外。徒弟们对背叛师傅，没能手挽手地坚守在师傅这一边感到愧疚，电话打过来，没人怠慢。电话中，他再三吩咐，他不回来，千万千万不能动手，他要带着徒弟们，先祭拜一番老祖宗，否则会遭天谴的。

李碱蓬紧张得用天谴来吓唬徒弟们了。

百合沿着蛤蜊皮的小路，连跑带颠地

去酱菜厂,一路上快活得像朵盛开的百合。路旁的不远处,有条河叫红香河,河喇叭口一般,敞向大海,接受大海的狂吻。红香河就是这样,河水投入海里,海水浸进河里,日复一日地拥来抱去,每天都要谈上两次"恋爱"。恋爱的结果,河床生满了红色的碱蓬草。

日薄西山,晚霞正红,满河床的碱蓬草,像铺着漫天的红地毯,红得耀眼,火得燃烧。百合一扫母亲患病以来的焦灼,觉得家里的好日子,就像这碱蓬草,经历过冰封雪埋,枯萎重生,还会生机勃勃。

看到红碱草,百合就会想到父亲,当初饥馑之年,粮荒菜光,奶奶靠吃碱蓬草生存下来，后来，奶奶生下父亲，怕养不活，起了个贱名。半辈子过去了，父亲如碱蓬草，坚忍地扎根在这片盐碱地，一门心思地腌小菜，若不是突生巨变，腌菜池子面临毁于一旦，他会一生默默无闻。

　　透过酱菜厂的大门，百合看到，腌菜池子上盖着硕大的酱斗篷。斗篷是用秫秸篾子编成的，结构像把巨伞，风能进，露能进，发酵菌也能进，雨雪蝇虫不能进。父亲和三个徒弟合力将酱斗篷搬了下来，随后，赤脚下到腌菜池中，一锹接一锹地挖沤成了泥状的虾酱，然后装进已经洗涮干净的大皮缸里，每口大缸，只装了三分之一。

随着越来越多的虾泥挖出，浓烈的腥味伴随着奇异的香味在酱菜厂的大院膨胀，这等美味，岂能人类独享？蚊虫苍蝇闻讯而来，齐聚酱菜厂的灯光下，眼瞅着往腌菜池子和大缸里扑。

李碱蓬喊，赶快灌上盐卤水，盖住虾泥味儿！徒弟们拎起一只只塑料桶，从腌菜池往外舀盐卤水，往大缸里灌。看到百合走进院里，也不顾女儿是否害羞，张嘴就喊，脱布衫子，轰蝇子！

做腌菜的，最烦苍蝇，苍蝇特喜欢在酱菜里下蛆，尽管有人会说，蛆能证明食品安全，李碱蓬却认为，那是不卫生的标志。一旦酱缸入蛆，平时闷声不响的他，会成为骤然暴发的闷雷，会把徒弟们骂个狗血喷头，然后，毫不犹豫地毁掉一缸菜。

百合深知父亲又倔又闷又拗的性格，像挥舞着一面旗帜，甩动自己的衣服，驱赶着蝇虫。

忙了一个多时辰，挖净了几个腌菜池子里的虾泥，下面的泥尽管依然浓香入味，那也不挖了，因为下边是真正的泥，海泥，腌了三百多年。海泥不比虾泥逊色多少，也成了腌料，可是皮缸是有数的，怎能装下几百年的沉淀？李碱蓬选择了放弃。

腌菜池子空了，李碱蓬的心也空了，徒弟们拄着锹，大眼瞪小眼地瞅师傅。李碱蓬说，愣啥神啊，底下的海泥，也是百年不遇的宝贝，回家取家什，装回几坛子。

徒弟们大眼瞪小眼，谁也不动，师傅挖走虾泥，有师傅的道理，人家十几辈子的家底儿，不想白白地被埋掉。而他们挖走池子下的泥，啥意思，想跳单蹦，自己干？师傅跟陈镇长、孙老板对着干，那是铁板钉钢钉了，师傅拉走虾泥，意味着今后谁也不会容下谁了。他们不行，挖了几坛子海泥，传到新老板耳朵里，丢了差事，不值得。所以，他们谁也没动，只等师傅下令填池子。

百合的承诺还没有兑现，腌菜池子留下的深坑，必须在天亮前填平。李碱蓬催促女儿，赶快把皮缸里的虾泥拉回家，他带着他的徒弟们，继续留在腌菜厂，做他们最痛苦的事情，毁灭自己的心肝宝贝。

在填埋腌菜池子之前，他们先在每一座腌菜池子上点燃三炷香，李碱蓬带着大家磕头祭拜，为祖先，也为自己。随后抡起大锤，洒泪砸向挺立了三百多年的腌菜池子，每向池中扔下一锹沙土，都像是埋葬祖先。

百合长叹一声，康熙年间的沉淀着古往今来滋味的腌菜池子，应该和古城古物古建筑同样宝贵，却随着陈镇长的一声令下，荡然无存了，说理的地方都找不到，不幸中的万幸，虾泥取出来了。可是，虾泥需要有海味儿的海泥养护。从此，它们被连根拔起，浮萍般回归李家，能不能守住原味，他们的心里也没有谱儿。

站在大卡车上，百合舞蹈一般挥舞衣衫，护卫着十几口大皮缸，防止蝇虫落在缸上，玷污了虾泥。不消几刻钟，这些浸透着李家十几代人汗水和泪水的虾泥，认祖归宗了。

母亲似乎预料到了，大皮缸到家，最缺的是啥？她硬挺起疲惫的腰身，展开一捆纱窗，剪下十几块，往竹篾子上缝。竹篾子弹性十足，围成圆圈，需要力气，母亲没能力完成,喊来了乡邻帮忙。十几辈子的乡邻了,吃李家的什锦小菜,把口味都吃高了,比乾隆帝还难伺候,最会评判。李碱蓬经常从厂里买回小菜,让乡邻们对他的手艺评头品足。当然,李家有什么事儿,大伙儿也愿意来。这不,母亲刚喊了一嗓子,满炕都是帮忙缝纱窗的人。

竹篾做的纱窗,能大能小,伸缩自由,大缸一运到院里,不等卸下,就被大家套在了大缸口,阻止住了蝇虫对虾泥的觊觎。百合终于收回晃了一路的衣衫,跳下车,向帮忙的大妈大婶们鞠躬致谢。劳累一夜,太阳都没唤醒一家三口,酱菜厂的大喇叭却吵醒了他们。

镇里在酱菜厂召开镇酱菜有限公司奠基大会，陈镇长在喇叭里高声宣布，招商引资，扩大再生产，建现代化的流水线，告别污泥浊水，腥臭蚊虫，厂区会干净得一尘不染，让镇里的小菜销售进全国的每家超市。

李碱蓬起来洗脸刷牙，百合给母亲按摩的手停下来，侧耳倾听陈镇长的讲话。含着牙刷的李碱蓬，听到污泥浊水，特别刺耳，声音含糊地说，别听他放屁。百合没理会父亲，还在聚精会神地听着"放屁"。

李碱蓬从嘴里拔出牙刷，清晰地告诉女儿，别听他放屁。百合嘘了声，意思别打扰她。李碱蓬大声强调,别听他放屁!

百合好像没听到父亲吼什么,直至把陈镇长的话听完,才对父亲说,商场如战场,知己知彼,百战不殆。

李碱蓬不知道《孙子兵法》,但他知道,别看昨天女儿和镇长好话说尽,可行动上真的要和镇里对着干了,因为她说了战场。既然这场仗要打,必须打胜,他要在家建一个自己的酱菜厂,他想好了,酱菜不用镇里的名号,改回李记。

给母亲按摩完身子,百合开始梳洗打扮,黑脸庞涂的是护肤霜,嘴唇擦的是无色口红,一根大辫子梳得油光锃亮,这朵越端详越撩人的黑牡丹，就这样靓丽地走出了家门，连早饭都没吃。

百合去了镇工商所，用自己的名字办营业执照，经营项目是加工小菜，她还特意强调了家庭小作坊，不和镇里的冲突。所长爽快地答应了，简化了办理程序，还说了句，市场经济，鼓励平等竞争。顺便问了句，你老爸真有骨气？百合瞅着所长，露出一排小白牙，扑哧一声笑了，她突然明白，镇长只顾排场，新酱菜厂的奠基仪式请了县长，请了局长，就是把具体办事的所长撇在了一边儿。

服侍老伴喝药，吃早饭，又给老伴打了一针吗啡，李碱蓬去了码头，找老伙计张老坞去了。张老坞是老渔翁，常年活在海里，海里没啥可捞已经十几年了，没人出海，船上的柴油机都卸回家里了，码头剩下的大多是空壳船。张老坞不喜欢上岸，也不图打鱼赚多少钱，哪怕摇着瓢岔子小船出海，钓藏在礁石底下的鱼，只要能养活自己就行。

张老坞有手绝活，打乌虾。乌虾是海里最小的虾，小到只有一厘米，比晾虾皮的水虾还小一截儿，误入水虾网，晾干了极易破碎，成了虾糠，还得费力气筛出去，可拿乌虾做虾酱，经过发酵，鲜美异常，是海鲜中的极品。渔村里的人吃饭，哪怕啥菜也没有，有口虾酱拌饭，就吃得喷香。

乌虾发酵的过程中,会浮出一层虾油,便是极品之中的精华,小菜的鲜味儿,全靠虾油浸出来的。许多人家宁可不吃炖大鱼、烀虾蟹,顿顿却少不了一碟什锦小菜。

乌虾平时分散在大海里,只有小满到芒种时的某一天,突然从四面八方涌进红香河,在刚刚冒出的碱蓬草下繁殖,随后又一哄而散。张老坞的本事是在乌虾离开红香河的那一潮,在海河分界处突然下网,截住它们的归路,这样才能不影响乌虾的种群繁衍。

就像李碱蓬做咸菜,张老坞捞乌虾的本事,也是一家独有,别人想学也学不会。李碱蓬找张老坞，就是要把那一潮的乌虾全订走，拉到自己家，在大缸里沤虾酱。既然陈镇长和新老板不怜惜腌菜池子，也不会懂得乌虾对于腌菜的意义，他先下手为强，靠多年的老感情，买断乌虾资源。

张老坞也在犯愁呢，现代化的酱菜厂，卤水靠的是各种配方，不屑于传统工艺，根本不需要乌虾。除了做虾酱，乌虾一无是处，打上来，卖给谁去？

见到张老坞，李碱蓬再也没有拿锹砍镇长的豪气了，搓着粗大的手，声音小得像蚊子。张老坞知道，多年的老哥们儿遇到了难处，老伴得了不治之症，却非要去治,结果荡尽家财,没钱买乌虾。

张老坞豪爽地说,赊着赊着,赚了钱再还。就这样,李碱蓬把一年只有一次的乌虾拉回了自己的家。

百合已经回到家了,向父亲展示营业执照,李碱蓬揉了揉老花眼,忽然看到负责人那一栏居然是李百合的名字,马上不悦了,闺女太着急了,还没学会咋腌菜呢,就抢班夺权了,一下子成了老板。

看着女儿灿烂得如牡丹的脸,李碱蓬叹了口气,咕哝一句,早晚的事儿。黑着脸对闺女说,长着眼睛瞅着点,错过一步,就会走味儿。

说罢这一句,李碱蓬再也不说话了,一门心思干活。他先量出五十斤大粒盐,放进一口空缸中,灌满一缸盐水,拿起一根木棍,不停地搅拌,搅得大缸里转起漩涡,看得人天旋地转。直到缸底的盐全部溶化,他才丢下木棍,抄起纱网勺,抵在大缸的漩涡中,过滤掉泡沫和漂浮的颗粒。

大缸里的盐水渐渐平静,李碱蓬在家门前支起一口大锅,把缸里澄清的盐水舀进大锅,晾晒半个时辰之后,开始给大锅加柴,先文火后大火,烧个滚开,然后量出三十斤乌虾,快速将乌虾倒入锅中,不停地搅拌,等到烧成响边水之后,快速地用大笊篱把汆熟的乌虾捞出,放入另一口有虾泥的大缸中。等到汆虾水凉了,才把水舀进缸里,让虾和水重新融合在一块儿,让时间去发酵。

这是腌制小菜的第一道工序,他让女儿清清爽爽地看了一遍。

只顾在家门口教闺女汆乌虾,沤虾酱,一眨眼儿,小半天过去了,李碱蓬忽然想到老伴又该打针吃药了。进到屋里时,大吃一惊,屋里一地的高粱秸,炕上坐着六七个老伴的好姐妹,正在一心一意地劈出高粱篾子,编下了十几个直径一米多的酱斗篷,正好适合盖在大皮缸上。老伴深知,纱窗只能临时挡住蝇虫,却挡不住雨水和灰尘,编酱斗篷迫不及待,想着今后替丈夫分忧的机会越来越少,她实在无法闲下来,趁爷儿俩都出门的时候,又一次唤来了自己的姐妹们。

百合急得来不及脱鞋,跳上炕去,抱住母亲,眼泪小溪一样流。她埋怨着母亲,不要命了?

母亲疲惫地闭上眼睛,眉宇紧紧地皱在一起,显然疼痛又一次袭来,她紧按着胸部,强忍着腾出一只手,摸着女儿说,妈这半条命,留着也遭罪,跟你爸好好学本事,让妈安心地走。

大家都陪着母女二人掉眼泪,只有李碱蓬眼中干涩,坚定不移地给老伴打针喂药。针是止疼针,药是索拉菲尼,靶向治疗,一盒就是二万五千元,花在老伴身上,李碱蓬一点也不心疼。老伴心疼了,她知道,不是自己得了该死的病,酱菜厂还能落到别人家?她再次央求李碱蓬,别治了,让我走吧,给闺女留点儿嫁妆。

百合大恸。

老姐妹们纷纷告辞,李碱蓬的手摸摸索索地伸到房梁,从里面抠出一个纸包,哆哆嗦嗦地送到女儿的手中,对老伴说,女儿的嫁妆早就准备好了,不是钱,也不是物,是老祖宗留下的无价之宝,什锦小菜的配方。李家没有儿子,就这一个闺女,不给她,还能给谁?李碱蓬说，一招鲜，吃遍天，咱还没山穷水尽呢，留钱干吗？

百合打开纸包，里边是泛黄的宣纸，纸上是一行行隽永的蝇头小楷，上面书写着：

小黄瓜 30 斤

豇豆角 40 斤

油椒 20 斤

苤蓝 10 斤

杏仁 4 斤

鲜藕 4 斤

地螺 6 斤

芹菜 24 斤

生姜 2 斤

小茄子 2 斤

小芸豆 2 斤

虾油 60 斤

原虾酱 60 斤

百合瞅着父亲,不过是小菜的原料而已,不是秘密呀。李碱蓬冲着女儿笑了笑,让女儿接着看。百合打开第二张纸,便是密密麻麻的流程,包括选什么样的乌虾,沤多长时间虾酱,十样小菜怎么种,怎么摘,怎么晾,怎么腌,怎么氽,盐水怎么打,虾油怎么撒,一宗宗一件件都是细致入微。

李碱蓬说,第一张纸是入眼,第二张纸入脑,第三张纸入心。百合愣了,祖传秘方只有两张纸,第三张纸呢?

李碱蓬展开了自己一双粗大的手,聪明的百合立刻明白了,手就是李家十几代人日积月累、口传心授的经验。李家的什锦小菜之所以鲜嫩翠绿,味道鲜香,清脆适口,数百年无人可以匹敌,那就是数百道工序,环环相扣,一丝不苟,不能出现丝毫纰漏。不倾尽全心地领悟,不把自己像小菜一样腌在岁月的滋味里,恐怕天天泡在酱菜厂,也难悟小菜是聚天地之精华的真谛。

百合对母亲说,活下去,勇敢地和身体里的坏蛋做斗争,她的小菜会比父亲做得还出色,让母亲天天品尝。

一家三口抱在一起。从这一天起,百合成了父亲唯一的真传弟子。

四

虾酱沤了半个月,沤透了,李家满院飘着鲜香,香得直呛鼻子,挡都挡不住。许多人在院门口探头探脑,大声问李碱蓬,啥时卖小菜呀?李碱蓬答,菜还没摘呢,哪儿来的小菜?镇上的酱菜厂停产扩建,李家的小菜还没下缸,小菜断货了,人们馋哪,李家却吊着大家的胃口。

| 李记什锦小菜 |

李碱蓬不是故意的,天地间任何事情,都需要个分寸,再着急卖小菜,也不能破了分寸。半个月之后,虾酱沤好了,腌菜的时机才成熟,他开始带着闺女摘小菜,择小菜,晒小菜,切小菜。有的小菜需要生腌,有的需要开水汆,有的需要冷水浸,有的需要扎几个孔,有的要先用盐水腌,有的趁着鲜直接下缸。反正一种小菜一个味,各有各的腌制办法,各有各的腌制时间,不能一股脑儿倒进一个酱缸,每个缸有各自的用途。只有到最后的工序,才能把十种小菜按比例汇集在一起包装。

从生长到腌制,每种小菜都是一个世界,每种小菜的入味道理,李碱蓬给闺女讲得津津有味,耐心得好像自己也腌在了小菜里。

小菜全部下到酱缸里那天,母亲唤来百合,给她梳洗打扮。百合摸着母亲的身子,瘦得只剩下骨头了,摸哪儿哪儿硌手,她心里一阵酸楚,却忍泪装欢。头不用梳了,化疗掉的头发还没长出来,脸是浮肿的,涂得再多的化妆品,也是蜡黄,掩盖不掉持续三年的病容。

母亲坚持说,给我打腮红。

百合扶着母亲走出了屋门,夏至的太阳,正悬在头顶,明晃晃的,母亲扶着帽子,眼睛屈眯着,巡视着院里,瞅也瞅不够,那身新衣服,套在身上,像套在衣服架子上。那时,李碱蓬正在做最后一件事儿,把在盐水里腌了一昼夜的豇豆捞出来,扔进酱缸,看到百合扶着老伴走出来,满脸的疑惑。

母亲走过来,一个接一个地抚摸着腌菜缸,然后坚定地说,送我上医院。

李碱蓬迟疑一下,还没到下一轮的化疗时间,老伴为啥急着住院?他把最后一笊篱豇豆扔进缸中,盖上老伴带人编的酱斗篷,起身回到屋,换掉满是虾酱味的衣服。

去医院已经轻车熟路,只不过老伴提

出了从未有过的要求,住单间,不愿意有人打扰。李碱蓬心里有些不快,毕竟每天多花一百块,老伴的病再加上家里做小菜的投资,他已经捉襟见肘了,钱花在床费上不值得,用在治疗上该多好。虽然如此,他没有拒绝老伴,病人最怕心情不好,一家人住进了单间病房。

第一天,只是简单的化验,没有治疗。第二天清早,一切平静安详,似乎什么也没发生,然而坏事情却真真地发生了,一觉醒来,李碱蓬发现,老伴没有醒,躺得安安静静,带着一种满足和微笑,永远地睡过去了。

李碱蓬父女俩瞅着那张释然的脸,如

五雷轰顶。

医生检查过后,才知道,昨晚老伴趁人不备,服了整整一瓶安眠药。她到医院唯一目的,就是让自己体面地走,不让人议论家里死过人,不把一丝晦气留在家,让李家的小菜永远是干净清爽的。

护士把母亲推向太平间,百合拉扯着,不相信母亲已死,盼死的人怎能主动去医院呢?

此时,李碱蓬倒显得很冷静,他拉住百合说,别哭别喊,让你妈安心地走,你妈心细如丝,把办丧事的时间都预留出来了,小菜的腌制时间是七到十天,她就选了这个空当。她去意已决，谁也拦不住，就是不想死在家里。

百合哭着说，她咋就不想想，我是没妈的孩儿了。

安葬完母亲，百合没有选择留在村里帮父亲做小菜，返回沈阳，不是领毕业证，更不是找就业渠道，而是让老师帮助她，到食品学院当旁听生，专门研究蔬菜的保鲜与腌制。

临走前，她看到父亲正在用荆条编小菜篓子，篓子的里边和外边，各糊上两层浸过猪血的牛皮纸。父亲正在恢复老传统，即使是包装也不例外，哪怕塑料的篓

| 李记什锦小菜 |

子贱得如同白送,外形和传统的老篓子一模一样,他也坚决不用,宁肯荆条把自己的手扎出血来。

父亲的老篓子真神奇,纸做的居然渗不出一滴卤水,口封得看不出一丝痕迹,整个小篓浑然一体,像个工艺品,不像装不值几个钱的什锦小菜。

百合把一摞彩色的印刷纸塞进父亲的手,告诉父亲,别忘了把商标绑在篓口,一个也不能少。商标是百合设计的,和父亲描绘的李家从前的商标一模一样,只是商标的名称不再是李记,一律冠上百合。

拿自己的名字做商标,就是对母亲最

好的纪念,她的名字是母亲起的。

回到沈阳,重回校园,百合这名旁听生,比在校生还认真,涉及实际问题,较真到了无以复加的程度。教授喜欢她,劝她别当什么旁听生,直接报考他的研究生,专业课由他给补。就这样,百合一直留在沈阳,除每天和父亲通个电话,寒暑假也不回家,一直到三年后研究生毕业。

没有老伴和闺女陪着,三年的时间,父亲老了一层。三年前,李家的第一缸什锦小菜,百合没有尝到,李碱蓬本想给闺女邮寄出一篓,出缸那天,却被大家一抢而光,精制的小篓都没用上。吃惯了这一口的人们,已经断供了一个多月了,就像

| 李记什锦小菜 |

酒鬼忌酒,烟鬼忌烟一般,吃什锦小菜上瘾的人们,也是抓耳挠腮。

李碱蓬不给女儿邮的原因还有另一层,尽管大家没有挑剔,尽管咸味依旧,鲜香不减,菜味儿照常,他还是尝出了味道的寡淡。三百多年的老腌菜池子,醇香味儿是深入骨髓的,尽管有老虾泥做底儿,可找到老滋味,一缸两缸的小菜就能腌回来?就算是把大缸都腌透了,也恢复不到从前了!

他望着镇酱菜厂的方向,怅然若失,那里正大兴土木,浸了三百年虾油的海泥被挖掘机轻松地埋葬,原来的痕迹一丝不剩。

三年后,百合是带着一堆仪器回到硝盐锅村,回到生她养她的家的。李碱蓬迎接女儿的晚餐并不丰盛,一碟什锦小菜,一碟豆腐。小菜就豆腐,一咸一淡,一鲜一素,绝配。百合夹起小菜时,李碱蓬睁大眼睛盯着女儿,等着女儿的评判。

百合夹起小菜,每尝一口,都要咀嚼好久。李碱蓬期待地问,怎样?百合回答,咸。李碱蓬接着问,吃没吃出老滋味?百合说,荃蓝老了。李碱蓬失落地叹气,我真是老了,嘴也迟钝了,老祖宗的老滋味让我弄丢了。

百合调皮地笑着说,我是学食品的研究生,天上的仙桃都能挑出毛病,不吹毛求疵地给老爹挑出毛病，老爹不是白供我上学了？天底下的什锦小菜，谁敢和老爹相比，就差把乾隆皇帝从坟墓里馋出来了。

李碱蓬这才长长地舒了一口气，三年的功夫总算没白搭，老虾泥和新虾酱在大缸中共同发酵，酿回了腌菜池子里的浓香，总算没给老祖宗丢脸。

百合搬过旅行箱，掏出了若干个塑料袋，里面装的都是各地生产的什锦小菜，她一一地撕开包装，装进碟子里，摆在父亲面前，让他品尝。每尝过一种，父亲都会摇头，不是香得假，就是鲜得过，要么是氽小菜的火候不够，有的小菜甚至没腌透。

女儿让李碱蓬最后品尝的什锦小菜，色泽最好，小黄瓜顶花带刺，豇豆、芹菜翠绿无比，杏仁儿洁白如雪，小茄子泛着紫光，甚至还有细细的姜丝，把什锦小菜装扮得色彩缤纷。李碱蓬怔了下，姜丝提味儿，是李家的独门绝技，只是在腌制过程中添加的辅料，包装的过程中，姜丝要剔除掉，原因是乾隆皇帝不喜欢姜，姜与将同音，皇帝被人将住，那还得了。再说了，什锦等同于十锦，加上了姜，便成了十一锦，名不副实。直觉告诉李碱蓬，做小菜的人，得到过自己的真传。

果然，女儿告诉他，这个小菜就是镇酱菜厂的，新老板孙利已经把小菜卖到了全国各地的超市，顺便被卖掉的还有乾隆

| 李记什锦小菜 |

爷,设计精美的包装上,印有乾隆爷尝小菜的故事,只不过李家变成了孙家。

镇上的人,不但李碱蓬没有尝到过孙记什锦小菜,别的人家同样如此,孙利找的是大批发商,小菜进入大的流通渠道,货全供给了大城市的超市,家门口的人们反倒尝不到了。

夹过一箸,放在嘴里,李碱蓬"哇"地一口,全吐了,味道虽然很像,却骗不了他的嘴,小菜居然不是乌虾的虾酱和虾油腌的,甚至连水虾、毛虾、青虾和其他的余虾水都不是。究竟是什么卤水腌出这种似是而非的味道?完全超出了李碱蓬的经验,他一脸的茫然。

女儿用仪器解答了父亲的疑问,虾卤水是海水、化学香精与味素勾兑而成,可以成吨成吨地制造,小菜的绿色是氧化铜保持的,可以长久地鲜艳下去,况且还有防腐剂,保质期可达三四年。

李碱蓬恍然大悟,难怪方圆百里的小菜都被孙利买光,甚至不惜千里之遥,到山东寿光买芹菜,原来化学卤水也能腌小菜,居然骗过了所有的消费者。

这么作践什锦小菜,李碱蓬承受不了,他到处寻找铁锹,还想找陈镇长拼命,三百年的老厂子,被姓陈的给毁了,天理难容。百合拦住了父亲,陈升不再是镇长了,早就升了,升任了副县长,还是常务的。镇酱菜厂改制,一举成功,小作坊一下子成为全国知名企业,成为全县纳税大户和支柱企业之一,陈升功不可没,职务怎能不升迁?

女儿安抚着父亲,我三年苦读,只有一个目标,恢复李家的历史荣耀,你一铁锹下去,自己解恨了,后果是啥?李家的什锦小菜绝根了,我妈也白死了。女儿继续说,虾泥咱们拉回来了,老根本没丢,这是最大的幸,斗而不破,才算本领,谁说隔山不能打死牛?我就用这种方式,不出三年让镇酱菜厂自己破产。

李碱蓬不找铁锹了,改成了跺脚,他说,不是破产,是回归,我还有一群徒弟呢。

百合知道,父亲的心肠还是柔软的,徒弟们全背叛了他,他还惦记着他们。商场如战场,心软了,就会打败仗,她下定决心,不让父亲插手经营。

重新回到饭桌,百合如同变戏法一般,瞒过父亲的眼睛,把自己家的什锦小菜重新端上饭桌,对父亲说,尝一尝这个。父亲尝过,频频点头,称赞道,这个最好,最像我的,只是苤蓝老了,有筋。

百合扑入父亲的怀里,说,老爸,这就是你的,你最棒,全国的什锦小菜你做得最好。

李碱蓬老泪纵横。

五

李碱蓬到底没忍住，跑到了孙利的酱菜厂，大吵大嚷，骂孙老板利欲熏心，不守腌菜行业规矩，把化学药水当虾油卤水，坑害城市的消费者。新酱菜厂引进的是流水线，一个萝卜一个坑，机器追着人干活儿，任凭李碱蓬如何吵嚷，没有一个人来应和。李碱蓬吵烦了，索性跑到电闸前，把电停了。

霎时间，灯灭了，所有的工序都停了，人们怔怔地瞅他，像瞅怪物。有徒弟喊了声，师傅，你干吗呀，电脑的程序被你毁了！

李碱蓬才不管程序不程序呢，腌菜的程序在手上，在几百年口口相传的经验上，啥都靠电脑，人长脑袋还有啥用？

车间里靠电照明，没有电，大白天也灰蒙蒙的，谁也看不清谁，没人过来围观，更没人搭理腌菜厂的老功臣李碱蓬。原来腌菜办法被现代化流水线撕个粉碎，看不出一丝痕迹了，李碱蓬不再是腌菜厂的神话，在所有人的眼里，他已经可有可无。

等到有人合上电闸，车间里重新灯火辉煌时，有人已经站在李碱蓬的面前。那人便是镇派出所所长，所长来镇里快三年了，只是李碱蓬不认识罢了。所长说，找铁锹啊，像对陈县长那样，举起来，打我啊。

李碱蓬傻了。

所长继续说，别把我当成废物的前任，也别乱来。

李碱蓬不但不知道新所长是谁，就连"废物的前任"叫啥名也不知道，更不知道"废物的前任"因为没有挺身而出，在县公安局待了三年，除了打杂儿，没啥正经活儿，已经待"废物"了。

新所长动作快如闪电，李碱蓬没等弄明白，双手瞬间被抓住。

百合从锦州回来,邻居告诉她,你父亲又惹事了,被派出所抓走了。百合怔住了,几句过后,她就听明白了,父亲真是活爹,老腌菜池子被毁,留下了病根儿,心结始终打不开。改制后的酱菜厂,推翻了老厂所有的痕迹,尤其是破大门,被宽敞豁亮而又雪白的海鸥展翅替代了,不是厂里的老人,根本找不到老地方。

虽说新厂子和父亲一毛钱关系没有了,可父亲依然盼老厂子好,毕竟干了一辈子,情感的根儿还在呢。技术改良是好事儿,可再改,腌小菜也得用原浆原味儿,不能离谱,更不能拿化学药水替代,那是坑人呢,父亲不愤怒就不是父亲了。

百合不赞成父亲使用暴力,暴力不解决问题,毕竟人被抓走了,她得到派出所把父亲领回来,然后给父亲讲道理,动手是最无能的表现。好在这一次父亲没有危险动作,只是拉了下电闸,能有多大事儿?

百合平时只顾研究农业生产和食品安全,不晓得法律。可她懂得,酱菜厂不是钢铁厂,腌菜水不是钢水,停了炉就会损失巨大,停了几分钟电,能把咸菜腌臭了?

解铃还须系铃人。从镇派出所出来,百合径直去了酱菜厂,求老板孙利,只要孙利能放过父亲一马,这事儿就不算事儿了。

孙利恰好在厂里,坐在宽大的老板台后面,等着百合呢。百合刚进来,孙利就把双脚搭到老板台上面,闭合着眼睛,爱搭不理的。百合求他时,他故意装成听不到,让百合靠近他的那双鞋说话。

尽管百合的脸灿烂如花,却挑不开孙利的眼帘。孙老板是经历过女人的,不像当年陈升当镇长时,见到这朵黑牡丹,腿都不会迈了,不由自主地中了美人计,本来一大铲车就能粉碎李碱蓬的螳臂当车,显示镇政府的权威,偏偏给了台阶下,弄得一个学生娃也成了镇里的"人物"。

那双脚在百合的眼前晃来晃去,百合感受到了百般的羞辱,可为了父亲,还是忍了。好在她的脸是黑的，即使黑着脸，孙老板也看不出。百合好话说了一火车，孙老板左耳朵听进来，右耳朵冒出去，一句也没留心里。

百合不会知道，孙老板肚子里的油太多，把心眼都挤小了，他不希望有竞争对手，哪怕对手只是个蚂蚁，咬脚背子也疼，不如一脚踩死。所以，宽宥李碱蓬，百合找错人了，除非李碱蓬永远不做咸菜了，否则总会有人拿李家的小菜埋汰他的酱菜厂。

脚还在百合的眼前晃动，臭脚丫子的味道从里边冒了出来，百合忍无可忍，扔下一句话："你要清楚，我父亲是来拯救你的,不是害你的。"转身就走了。

直到百合走了出去,孙老板才把脚从老板台上拿下来,透过窗户瞅着百合的背影,嘲笑着说:"蚂蚁拯救大象,天方夜谭。"

百合再度去锦州,走上了"蚂蚁拯救大象"之路。

既然没人想饶恕父亲,百合索性放弃了把父亲捞出来的想法,反正没啥大事儿,能把她父亲怎样?看守所不是沙漠,有吃有喝有人管,死不了人。当务之急是把她的百合牌小菜做起来,把孙利的小菜赶出市场,让他穷得连鞋都穿不上,省得臭显摆。百合什么都能承受，就是不能承受无端的污辱。

百合知道自己人单势孤，必须骑在巨人的肩膀上。她把希望寄托在锦州小菜厂身上，那家的小菜辽西走廊规模最大，实力也最厚，注册资本达一千多万，比孙利的新酱菜厂大一倍还多。小菜本小利薄，能有这么大的规模，也算同行业的佼佼者了。

打败敌人最好的办法，就是给敌人找个更强大的敌人。百合做足了功课，找到了许多说服锦州小菜厂老总的理由。

小菜厂的办公楼里，财务部、生产

部、运输部、技术部应有尽有，不但有国内市场部，还有国际市场部，居然把小菜卖到了国外。

百合直接去了总经理办公室。总经理姓康，长得干净利索，一看就是精明人，对百合也是客客气气，有时也多瞭几眼百合。百合习惯了有人欣赏她，谁见了美女不多瞅几眼，尤其像百合这样别具一格的美女，她落落大方地请康总尝一尝李家的什锦小菜。

康总没尝，翻过来掉过去地看古朴典雅的小菜篓子，像把玩古董，舍不得弄坏包装，还追问一句，没有塑料，一滴卤水也渗透不出来，什么原理？

百合露出一排小白牙，神秘地一笑，祖传秘方。康总放下小篓子，直言不讳地说："别兜圈子了，我承认，你家小菜比我们厂做得好，你想方设法把小菜卖给我，不会没有目的吧？"百合也坦率地说："想做你的合伙人。"

康总说，你家不过是个小作坊，做我的合伙人，也不般配呀。

百合说，你家厂子再大，不过三十几年，和三百多年酱菜的老底子比，你们还在幼儿园呢。企业做大了，没有文化，那是虚胖，没有底气。

真是寸有所长，尺有所短，康总被说乐了。

百合说，这是个合作共赢的世界，李家的老卤水、老品种、老绝技、老故事，还有她苦学七年的一身本领，就是你们厂最缺的肌肉，有了我们的加盟，你们才是真正的大力士。

康总琢磨着百合的话，觉得有道理，微笑着点头，鬼丫头。

其实，百合来了锦州好几趟，特意调查康总，康总敏锐地感觉到了，他立刻反过来调查百合。两个未曾谋面的人，其实已经过过招儿了。他有聘她做助手的意愿，没想到人家胃口更高，一分钱不拿，就当合伙人。

| 李记什锦小菜 |

真是到了合伙人时代,哪怕工资再高,有本事的人也不愿意当雇员。康总觉得人才难得,机会也难得,接纳百合,就等于把什锦小菜的正源正宗接进自己的厂子,其效果无异于当年曹操挟天子以令诸侯。合作成功,就意味着将来什锦小菜的行业标准,就由锦州小菜厂来制定。两个人当即签下互惠合作合同。

百合不找派出所,派出所来找百合了,李碱蓬蓄意拉掉电闸,造成镇酱菜厂直接经济损失五万元。如果李家能配合,主动赔偿损失,这场纠纷便可化解,公安部门可不移交检察院起诉,立刻释放李碱蓬。

五万元，对于研究生刚毕业的百合来说，那是天文数字，她还靠父亲供她上学呢。三年间，父亲辛苦劳作，做什锦小菜的收入，早超过了这个数。可她说啥也不认可这笔赔偿，她很清楚，断了一次电，对于腌菜的损失微乎其微，要价五万，明目张胆地讹人。

孙利不依不饶，即使李家山穷水尽，他也不会心软，谁让李碱蓬手欠嘴贱，到酱菜厂蛊惑人心，损害企业形象。

几个来回过后，百合答应，家里的房子抵押给镇酱菜厂，李家离开硝盐锅村。孙利当即同意了，把李家连根拔起，扫地出门，正是他求之不得的，没有立锥之地了,看你们还在哪儿做小菜。

百合有百合的打算,反正李家的小菜不会留在硝盐锅村了,留个空房子干啥?院子再大,也是个作坊,百合小菜也就是卖给四乡八邻,能走多远?父亲的功劳就在于保住了积累了三百年的老虾泥,那才是李家价值连城的本钱。可惜的是,孙利不识货,假如他把眼睛盯在了虾泥上,让派出所强制执行走,那才是打在他们的七寸上了呢,除了像父亲一样豁出命来,她这个弱女子真的没有别的办法。

趁着孙利没反应过来,赶快把十几缸虾泥拉走,拉到锦州小菜厂,履行她和康总达成的协议。康总是省人大代表,还当着工商联副主席,和孙利又不属于一个地区,孙利的势力范围延伸不到锦州,况且孙利也不敢在太岁头上动土。

百合可以背靠大树,心无旁骛地乘凉了。李碱蓬被百合接出来的那天,站在硝盐锅村自己的家门口,哭成个泪人,他做梦也不会想到,老了老了,弄得自己无家可归。拜别了邻居,拜别了老伴生前那些好姐妹们,李碱蓬特意带着百合去趟码头,拜访村里唯一的老渔翁张老坞。

一见到张老坞,百合突然双膝跪下,高低认张老坞为干爹。李碱蓬直眉瞪眼,闺女事先没和他商量,怎么突然认人家为干爹?百合对张老坞说,没有您赊给我们家乌虾,父亲的什锦小菜真的做不下去了,大恩大德永世不忘。

张老坞一生孤老,半路上白捡个大闺女,喜出望外。

百合这一拜,貌似平常,实则意味深长,从此以后,红香河里的那一潮乌虾,只归百合所有了,别人想争也争不去。哪儿有当爹的不心疼闺女的?何况张老坞还是个有情有义的人。

前往锦州的路上,李碱蓬说,闺女,你有见识,爹以后全听你的,你不发话,爹放屁也得忍着。

百合"哧哧"地笑出了声,摸着父亲的一张老脸,亮出一排小白牙说:"爹,至于吗?"

李碱蓬说:"没错,你是爹的主心骨。"

六

锦州小菜厂的百合牌什锦小菜,突然间风靡一时,高速公路上的所有超市,都有配给。超市的玻璃门上贴着一对招贴画儿,一幅讲述乾隆爷东巡祭祖,李家小菜治好乾隆爷厌食症的故事。另一幅是长

| 李记什锦小菜 |

途大货司机一边喝着红香河牌米粥,一边就着百合牌什锦小菜,广告词是——家在远方。

百合对什锦小菜太咸做了改良,健康生活理念是少盐,老工艺把小菜做咸,那是为延长保质期。现在,康总把一条生产线专门让给了什锦小菜,还配备了真空包装设备,即使减少一半盐度,保质期一年没问题。盐度降了,鲜香之味反倒突显出来,百合的改良让顽固的李碱蓬赞叹不已。

红香河米粥,是百合新研制的,把产自盘锦蟹田大米和辽西丘陵的红小豆煮在一起,熬成米粥,装在易拉罐中,和什锦小菜搭配在一起,无论是口味还是营养,都是绝配。大货车司机一般都是惜时如金,夫妻轮班开车,红香河米粥加什锦小菜,比吃快餐还有吸引力。

正像百合设计的那样,一时间,这种吃法在大货车司机的微信群中不胫而走。有的大货车司机群里晒边开车边喝粥吃小菜,竟然成了网红,最终让交警找上门来了。

什锦小菜走红,是百合意料之中的,红香河米粥,不过是家常便饭,反倒被热捧,实在出乎百合的意料。其实,给米粥命名时,百合先想到的是母亲,母亲常用这种米粥加小菜给她当饭吃,她特别爱吃。母亲的名字，不像百合豁亮，没法叫成粥名，思乡之情让百合想到了干爹张老坞，想到了家乡那条河——红香河。

不管怎么说，被逼出家门，百合还是耿耿于怀。高速公路像一条无处不达的血管，把百合什锦小菜的故事传遍了四面八方。有一次一位北京来的领导考察工作上了高速公路，瞅着那幅招贴画，居然笑了，称赞传统文化的力量无处不在，还特意付款，买来一袋尝一尝，结果陪同来的人都跟着买，把服务区的什锦小菜给买光了。

这番情景被服务区的销货员拍了下来，康老板敏锐地抓到商机，花大价钱买下了原始视频,做成了企业内部宣传片。谁来企业,都先放一段,以此证明百合牌什锦小菜从古到今,从庙堂之高到江湖之远,一直受到青睐。

当然,什锦小菜的生产车间装扮得古香古色,车间里按照李碱蓬的口述,恢复了四座腌菜池子,车间的四壁画了一圈儿连环画儿,是乾隆东巡到硝盐锅村的李家微服私访的故事。车间的大门口是仿制的大门楼,门两侧的对联是:名震塞外九百里,味压江南十三楼。门楣上的横批是:什锦小菜。

这些书法真真切切是乾隆的御笔,有照片为证,那是公私合营时,李碱蓬的父亲欢迎新厂长时，在老酱菜厂门口照下的。可惜的是，老牌子破四旧时被劈成柴，烧了。新牌子康总找人作了旧，和照片里的一模一样，分不出真假。况且，即使是老牌子，也是工匠刻上去的，不是宣纸上的真迹，真迹在哪儿，谁也找不到了。

百合感慨万千，假作真时真亦假呀。好在三百年的老虾泥还在，新腌出的百合小菜尽管寡淡了一些，老味道却还在。

一种担忧爬上百合的心头，李家小菜即使是公私合营了，也是限量生产的，产多产少是由虾酱和卤虾油多少决定的，不能拍脑门，没有控制地生产，那样会砸了牌子。

百合和康总的矛盾终于爆发了,他们发生了激烈的吵嚷。百合强烈要求必须限产,流水线的生产方式会把三百年虾泥里的精华全部抽干净,到那时,百合牌什锦小菜会名存实亡。

康总说,供不应求啊,总不能把大好的市场白白放掉,企业以营利为目的,我是总经理,这点儿决策权还没有吗?

百合坚决地说,没有,咱们是合伙人的关系,合伙人的概念是好聚好散。

康总摊开双手,我也不想萝卜快了不洗泥,总得有个解决的办法。

百合想了想，说，我一直研制新配方，毛虾、水虾、青虾、对虾，甚至皮皮虾的汆虾水，同样可以提炼卤虾油，同样能腌制什锦小菜，除了口味不够醇香，和别人家的小菜比，还是高出一筹，敢不敢另起炉灶，注册一个新的什锦小菜商标。

康总万般无奈，他不想结束伙伴关系，只好让百合试试。

百合重申，不许打老虾泥的主意，必须保护住百合牌什锦小菜的纯粹性。

康总说，姑奶奶，你赢了。

百合说，是双赢，好的企业要思考百年。

卤水虾、卤青虾、卤对虾、卤皮皮虾,百合没日没夜地试验,配比四种汆虾水,提炼各种卤虾油,终于试验成功了。尽管不是乌虾的油,毕竟是真材实料,调制出的海鲜味儿,依然别具风味,与百合牌什锦小菜相辅相成。除了小菜,百合还替小菜厂开发了真空包装的虾皮、虾仁、盐水大虾等即食产品。各种虾都是鲜活时下水汆的,马上真空包装,速冻,即使相隔一个月,吃起来也是鲜的,不愧为食品专业研究生,百合用各种办法保持住食物的原有鲜味。

李碱蓬以技术总监的身份,品尝闺女新研制的什锦小菜,尝出了他从未尝出的滋味,不住地点头,感慨青出于蓝胜于蓝。

| 李记什锦小菜 |

百合把新的什锦小菜命名为百康牌。

康总说,弄错了,应该是康百牌。

百合扬起黑牡丹似的脸,笑出一排小白牙,对康总说,没办法,天意如此,老百姓喜欢健康,不信,咱就让市场检验一下?康总挠挠脑袋,认了。

如同老干妈火在美国,锦州小菜也风靡全国,甚至搭了一次老干妈的顺风车,行销美国,让美国人拿起刀叉吃小菜。康总眉飞色舞,好像卖到美国就是资本,还以此为理由向中国银行申请美元贷款。

百合制止住了康总扩张的欲望,踩了一脚急刹车。她不赞成开拓美国市场,一方面资源是有限的,尤其是海洋资源,大海里虾的产量急遽萎缩,毛虾、乌虾很难成汛,养殖的青虾、对虾、基围虾提炼不出更好的虾油。更何况,地方小菜,就有地方的局限性,辽西走廊入海的河就那么几条,河水太大,养不出碱蓬草,河水太小,断流了,碱蓬草没有淡水滋养,也活不成,只有红香河这样文文静静的河,才能养出红成地毯的碱蓬草,才会有乌虾急匆匆地进来产卵。

红香河的乌虾,捞出来时是黑的,氽熟了是红的,卤出的虾油是黄的,香油一般纯净。百合曾尝试过其他河口的乌虾,但卤虾油是黑的,不但色泽不好,品味也不清香,没法做什锦小菜。

没有那么多上好的虾油,什锦小菜就是无源之水,无本之木,盲目扩大再生产,迟早会坏了企业的名声。李家长期小作坊,镇酱菜厂长期不能扩大生产规模,就是被条件限制住了。康总对此嗤之以鼻,用酒厂不冒烟,用酒精勾兑白酒的事实说服百合。百合用她食品专业的知识告诉康总,酒精是杀菌的,腌小菜的卤水是经过发酵细菌培养出的,加入工业卤水会产生强致癌物,通过不了食品安全检测。

康总对此不以为然,天天打了鸡血一样兴奋,到处张罗上生产线。遗憾的是,百合总给他泼冷水,迟迟不拿出新的卤水配方,让康总的愿望停留在纸上谈兵。蠢蠢欲动的康总,用孙利的酱菜厂为例,批评百合,和她父亲一样固执。百合反驳,我不固执,我是讲究科学。

正当百合与康总在打冷战中僵持的时候,酱菜行业传来个消息。食品安全大检查,孙利酱菜厂几个批次的产品不但不合格,还存在有毒有害成分。

康总派出的商业间谍,刚刚从孙利的酱菜厂偷回配方,他正想按此办法炮制,坏消息传来了。康总惊出一身冷汗,幸亏没来得及做,否则悔之晚矣。他对百合竖起了大拇指,没有百合挡着,这一次,他非跟着折了不可。

一条鱼拐得一锅腥,就像当初牛奶行业的"三聚氰胺事件",小菜行业立刻陷入了冰霜期，各大超市纷纷下架，只剩下锦州小菜依然留在货架上，理由是得到了QS食品安全认证，获得过高层的赏识，更重要的是，几个批次抽检，质量毫无问题。

尽管如此，锦州小菜也受到了伤害，由畅销变成了滞销。生产由狂热变成了平常，百合长舒了一口气，安慰康总，东西不好卖，不是坏事儿，逼着企业做得最好，这是今后的新常态。

孙利的酱菜厂元气大伤，一蹶不振，县里的税收也随着下降，县财政也出现了状况，一些刚性支出吃紧。

七

所谓的蝴蝶效应就是如此吧,小菜行业突遭寒流,幸亏锦州小菜厂顶住了倒下去的多米诺骨牌,才转危为安。惊恐之余,康总顺应百合的思路,调整产业结构,重新搭配主辅业。

辽西走廊的另一座城市,经济工作会议如火如荼地召开,本来形势大好,市长讲着讲着,突然讲到了酱菜厂的事件,在大会上拍起了桌子,质问坐在下边的常务副县长陈升,这不是你的项目,你的政绩吗?鼓励造假,坑害消费者,毁灭传统文化,搞形象工程,耍领导权威,还有什么你没有做？真是全市的奇耻大辱，限你一个月的时间，把李家父女给我请回来，让百合牌什锦小菜重新落户硝盐锅村，否则，主动向你们县人大请辞，别给人民政府丢脸。

上百人参加会呢，市长单单揪住陈升不放，他恨不得找个地缝钻进去。

刚刚散会，陈升马不停蹄地找到孙利，想办法，咋样能把李家父女接回来。想来想去，两个人都没想出招法，懊恼之余，两个人都明白了一个道理，一个人用生命护卫的东西，别轻易碰，不是至关重要，谁会那么傻？

他们低估了李碱蓬。

真是大意失荆州。孙利认识到犯了不可饶恕的错误,当时他与陈升认为,露天的腌菜池子,腥臭的虾泥是招来蝇虫的罪魁祸首,不讲卫生的标志,是企业形象的大敌,必须彻底销毁。现在看来,他们完全忽视了事物的对立统一关系,香与臭不是绝对的,会在特定的条件下相互转换,李家父女就有这本事,变臭为香。

可惜的是,他们懂得太晚了,拉回李家父女,绝无可能,双方僵到了你死我活的程度,天大的好处也吸引不了他们。反正孙利在市场上铩羽而归,绝无涅槃再生的可能,唯一可行的是及早认输,退出硝盐锅村，拱手将酱菜厂让给李家父女，重新回到原点。

听着陈升的建议，孙利火冒三丈，一瞬间仿佛与陈县长成了你死我活的敌人。说得轻巧，好几百万啊，半辈子的心血，孙利把所有的家财都押在了酱菜厂，不能被陈县长一句话打了水漂。他骂着陈县长，还有一点儿廉耻吗？我的资本都成了你那顶乌纱帽的垫脚石，还嫌不够啊！市长让你死，你也去死呀，干吗非得把你所有的压力丢给我？你必须帮我扛着，别弄成鱼死网破。

陈升吓了一大跳，忙说，罢了罢了，你听不进去，我也没别的办法，大不了官儿不当了。

就这样输得精光，孙利绝不甘心，搏一搏，还能获得起死回生的机会。哪儿跌倒了哪儿爬起来，败在虾泥上了，就从虾泥下手，起诉李家父女，告他们盗窃酱菜厂的虾泥，限期归还。

陈升觉得，这确实是很好的理由，只是时间不等人，哪有一个月就打完的官司。他憎恨自己交友不慎，已经这个德行了，直接认输，把人请回多好，有他在，孙利还能缺从头再来的机会？

鬼迷心窍了，陈升满腹苦水。

这场官司旷日持久地打下去，百合不

急不躁，甚至舍弃了小菜的种植与生产的研究，不雇律师，亲自出庭辩护。庭上辩论的焦点只有一个，虾泥的归属权。双方动用了一切社会资源，都想打赢官司。

法院不敢轻易裁决，拖过了一个月，还没结果。陈升急得吐了一口血，在官场拼了大半辈子，谁不指望步步高升？原指望当了常务当县长，当了书记进市常委。然而，市长一拍桌子，把这些都拍没了，他心里很清楚，市长雷厉风行，落地有声，自己的好日子过到头了。

转念一想，陈升也释然了，别考虑咋上去，还要想想别进去，恋战的结果是身败名裂。这一口血喷出去，等于救了他，正没借口呢，正好借着身体的原因，向县人大递交了辞呈，当一名无所事事的调研员。

孙利安慰说，没关系，到我公司，给你开双份工资。

陈升说，放屁，你都泥菩萨过河自身难保呢。

每一次出庭，百合都穿着黑色绣着百合花的旗袍，貌似不经意，却是刻意地打扮，黝黑的皮肤、黑亮的眼睛、黑旗袍配着胸前的白百合花儿，还有金丝线织成的叶片，格外高贵、耀眼。这场官司，网上没完没了地热炒，多好的广告机会，官司打得越久越好，等于不断地给镇酱菜厂增加丑闻，不停地宣扬百合牌什锦小菜的文化厚度和影响力。

可是官司打得正起劲儿的时候，却戛然而止，原因是镇酱菜厂惹出了另一起官司。好几十名从东北到南方生活的老人，常年食用镇酱菜厂的什锦小菜，被医生确诊为慢性亚硝酸盐、氧化铜、甲醛中毒，有的患上了癌症，有的得了贫血症，有的肠胃糜烂了，其中有人还因此过世。他们拿着证据，集体起诉法人代表孙利。

带走孙利那天，没有任何征兆，因为涉嫌刑事犯罪，警方介入调查。警察来自遥远的南方，是个专案组，由副局长带队,县局也派人陪同下来。镇派出所所长迟疑了一下,没敢打电话报信儿,害怕被误会为保护伞,反正他知道孙利躲在哪儿,三辆警车在所长的引领下,穿过硝盐锅村,钻过海鸥状的大门,驶入酱菜厂院内。

此时的酱菜厂,生产线已停,职工放假回家,业务只剩下了一项,接纳退货。货退得库房堆满了,只得扔在院里,承受着雨打风吹。大小纸壳箱子有的变色了,有的变软了,有的纸壳箱干脆散了,铺在地上,在雨水和盐卤中沤烂,几丛碱蓬草不错时机地从里面冒出来,被太阳晒得通红。

大院里，三五成群地站着硝盐锅村的老百姓，他们有的堵在孙利办公室的门口，有的蹲在墙根下，在耐心地等待孙老板，索要卖到酱菜厂的小菜钱。他们汗珠子掉地下摔成八瓣，才种出了品相极好的小黄瓜、小茄子、小油椒、小芸豆，没想到欠了账，一分钱也拿不回来，白挨累了不说，种子化肥农药都搭里了。

看到警察来了，他们前来诉苦，李碱蓬再穷，也没干出欠钱不给的事儿，一定帮他们要回血汗钱。

警察将他们一一推开。其实，孙利早早就来到了酱菜厂，一头扎进拥挤的监控室，躺在床上，从屏幕上监视外边的一切。等到警车开进来,他从屏幕上看到先下车的镇派出所所长对围观者还推推搡搡,误以为警察来帮助他去锦州,把丢失的虾泥执行回来,还高高兴兴地迎接出去。没想到,等待他的是冷冰冰的手铐。

孙利急了,对镇派出所所长说,找陈县长保我出去,我做的一切都是政府行为,政府不能不管我。镇派出所所长给孙利一个嘴巴,牙都打出血来了。

孙利失去了自由,酱菜厂失去了主人,连要账的都懒得进这个大院了。这座新兴的企业顿显衰败,如同许多工业废墟,在时间中等待荒芜。

那几天,康总神采奕奕,不是因为少

了竞争对手，也不因为百合牌什锦小菜给企业带来了家喻户晓的声誉，是因为市长要来视察。毕竟，这家以城市命名的企业，在这次风波中给城市长脸了，他这个当老总的倍感荣光，市长来慰问也是理所当然。

  康总准备得很充分，汇报材料打印了半尺厚，可市长来视察那天，一页纸都没翻，甚至一句企业的经营情况也没问，只是带着客人东瞅瞅西望望，不怎么在乎法人代表康总的存在，指名道姓让李家父女来陪同。他很失落，一切准备就绪，热情高涨地迎接市长，结果市长和他不在一个频道，本来是主角的康总，却被冷落在一旁。

百合不知道，此次视察客人是家乡的市长，时间是两个市长共同商量的，家乡的市长穿过辽西走廊，与锦州市市长携手相牵，一块儿来到小菜厂，特意来见她。

家乡的市长见到百合的第一句就是道歉，替家乡的县政府和镇政府，替有眼无珠的镇酱菜厂，说为官一任没有把家乡的营商环境做好，请李家父女原谅。会谈中，他还将了康总一军，敢不敢到硝盐锅村投资，收购镇酱菜厂，让什锦小菜认祖归宗。下一步，他们将对镇酱菜厂进行破产重整，现在，他们已经将企业交给了管理人，进行资产评估，机会难得，想不想试试啊？

| 李记什锦小菜 |

百合正襟危坐，抿着嘴，一排小白牙紧紧关在嘴中，瞅着一直瞅她的康总，一言不发。康总知道家乡已经把李家父女的心伤透了，小菜的市场就这么大，虾油的来源很有局限，扩张就是冒险。况且孙利的恶劣影响还在发酵，此时去接烂摊子，那就是去接烫手的山芋，没准就会掉进深渊。

情绪不高的康总，立刻表态，不感兴趣。

家乡的市长不再劝说，商业合作的原则是互惠互利，不能勉强，他留下管理人整理出的资料，起身告辞。临走前，市长送给李碱蓬一串钥匙，明确告诉李家父女，村民住宅只能在村民间调剂，别人想拿走抵押，绝不允许，家还是你们的家，随时可以回去。

家里的钥匙，是家乡的市长从锦盒里拿出的，谁都能看得出锦盒是特意为钥匙制作的，特别精美，与那串用旧的钥匙极不相匹配。那串钥匙，上小学时就挂在百合的胸前，陪着她长大的，那是家的象征。

家乡的市长不愧当过"百名优秀县委书记"，说出的每句话，都很暖心，每个细节都体贴得让对方心里热乎乎的。百合动心了。

八

李碱蓬用命换来的虾泥，被法院认定为无形资产，在对镇酱菜厂进行资产评估中，估价为一千万。法院把破产重整的案子与虾泥产权之争合并审理，虾泥的价格按拥有的时间计算，公私合营后的六十年产权归镇政府，其他的二百四十年归李家，也就是说李家拥有百分之八十的产权。法院裁定，虾泥与孙利没有一毛钱关系，偷盗是伪命题，孙利败诉。

李碱蓬从来没有想过，几缸臭虾泥和李家八辈子的故事居然能值钱，还贵得飞上了天,简直成了黄金,居然能值八百万。

法院的判决,对于康总来说,是个坏消息。百合投奔他当合伙人时,虾泥只是合伙的前提条件,没有列入资本清单。这下可好,法院直接当家,评估出了金额,居然占据他所有固定资产的三分之一。这就意味法律不承认虾泥是原料,连同李家的故事,都成为资本,李家父女由投奔他时的一文不名,一下子成了大股东,今后企业的决策,只要李家父女反对,很难做成,几乎等于一票否决。

幸亏官司把虾泥隶属打清爽了,人人皆知虾泥在他康总这儿呢,追根溯源,锦州小菜成了不可动摇的正宗。只是他以后对李家更要小心翼翼了，尤其是老爷子，那是敢玩命的主儿，没事儿别惹。

虾泥成了李家的撒手锏，只要想说事，拿出来一亮，就能吓他一哆嗦。

康总的手段只剩下拉拢李碱蓬了，他把老爷子捧上了天，若不是他早就有了家室，或者百合对他流露出点儿意思，他早就把老爷子叫成老丈人了。可惜的是，百合太警惕了，她对合伙人的定义是最亲密的"敌人"，一切用理智处理，用规矩行事，不给感情留下半点缝隙。

虽说成不了一家人，却不妨碍康总与

李碱蓬结盟,他常带着老爷子到各生产线转悠,见到分厂厂长或车间主任,让他们用古礼拜见,称老爷子为小菜业的祖师爷,享受人间至高无上的尊重。

康总这样做的唯一目的,就是留住虾泥,让李碱蓬忘了硝盐锅村,乐不思蜀。无论走多远,百合都不会忘记家,况且家乡的市长庄重地把钥匙还给了她。法院公平裁决,把虾泥作为文化遗产,评估出无形资产。百合觉得,所有的一切,都有市长的影子,市长不发话,哪儿有这么强的执行力?

百合回去收购镇酱菜厂的欲望越来越强,她经常和家乡的市长通电话,说是问候，实则探听破产重整的进展。后来，家乡的市长干脆指派专人，定期向百合沟通情况。

有几次，百合试探父亲，回家转转，李碱蓬居然暴怒起来，就差找铁锹了。他红着眼睛说，绝不回到伤心地。百合说，那可是世代养育咱们的家呀，人不亲土还亲呢。

李碱蓬说，亲个啥，腌菜池子都被陈升给埋了，酱菜厂被孙利给毁了，回去添堵啊，我还想多活几年呢。

李碱蓬不回硝盐锅村，康总对虾泥严看死守的目的就达到了，既然是合伙人，就不能分心。百合挺着黑脸,翻着白眼珠子,对康总说,你缺爹呀。康总居然厚颜无耻地说,叫老丈人也行。百合用鼻子"哼"了一声。

父亲不肯回去,百合理解。孙利进去了,陈升官丢了,父亲的气本来消了,是法院把他的气儿给勾回来了。对于法院判给李家的八百万无形资产,父亲兴奋了几天,便再也高兴不起来了。判决书不过是一张纸,啥也不顶,画饼充饥而已,虾泥还是虾泥,依然在小菜厂的腌菜池子里垫底,天上没丢下来钱,法院的判决书不过是文字游戏,拿他们当猴耍呢。

几天前,家乡的法院来人了,不但没

人给李碱蓬八百万无形资产,反倒让他把二百万公私合营时镇里的无形资产给补上。否则,要拉走百分之二十的虾泥。

李碱蓬一听就炸了,好在会客室里没有铁锹,除了沙发,连根棍子都没有。他真的想不通,这些虾泥都是李家祖祖辈辈传下来的,那六十年也是李家两代人日日夜夜用心血熬出来的,凭啥给镇里二百万?

那时,百合没在厂里,李碱蓬也没想把百合找回来,商量商量之后再说,一个劲儿地和法院的人吼,还有没有天理?

康总倒是挺大方,安慰着李碱蓬,别

吵,别吵,能用钱解决的都是小事儿。说着他让财务写了张支票,替李家交上了这笔钱。李碱蓬还沉浸在愤怒中,觉得这就像自家的孩子被别人拐走了,还得自己掏钱赎回了,太不讲理了。康总却暗自高兴,百合再也不能说虾泥和他没关系了,从此,这些虾泥就是你中有我我中有你,再也分割不清了,想不当合伙人都不成。

康总客客气气送走法院的人时,李碱蓬还在后边大吵,太欺负人了!在李碱蓬的意识里,被执行走的二百万,都是真金白银,虽说不是自己掏的,他还是心疼,那可是二百万篓小菜的纯利润,得熬进多少人的心血。

父亲不想回去,百合无法强求,父亲的犟脾气,越求越坏事儿,况且康总也持反对态度,不给镇酱菜厂起死回生的机会。两个人联手了,堡垒从内部攻破,确实是真理,百合要拿出水滴石穿的耐性,润物细无声地陈述利害,慢慢地说服他们。假若她现在强行地去做镇酱菜厂破产重整的第三方,肯定内部先翻了船,好事倒会办坏了。

好在破产重整还有半年多的时效,没人有意向去收购,百合还有时间。

冬去春来,雪融冰化,转眼间母亲辞世快四个年头了,离清明的日子越来越近,父亲不想回家,却不能不去上坟,小虹螺山里埋着李家的祖先,还埋着他相濡以沫的妻子。父亲是把祖宗敬若神明的人,百合觉得,机会来了,父亲的脾气秉性,她早烂熟于心,有把握让父亲回心转意。

　　这一年,节气来得早一些,清明节那天,小虹螺山阳坡的杏花提早开放,满山白里透红。李家祖坟旁,被山杏树环抱,有棵老山杏,快有一抱粗了,李碱蓬向来认为祖宗的灵魂栖居在杏树上。老杏树就是第一代老祖宗,杏花开放,杏叶摇晃,杏枝结果,都是祖宗们和他说话。这不,就连最晚生长出的野杏树,树龄也有四年了,稀稀落落地开了花。

李碱蓬认为，这株最小的树，就是自己的妻子。给祖坟填完土，挨个儿给祖宗磕头跪拜了，李碱蓬给闺女讲每个祖宗的功绩，李家的什锦小菜能传到现在，每一辈人都有每一辈人的艰辛与苦难，都有自己的舍命坚守，否则，不可能传承下来。李碱蓬边颂扬祖宗，边瞅着野杏树上的花儿，自言自语道："老祖宗啊，今年的花儿开得这么早，预示着啥呢？"

百合的脸笑成了花儿，黝黑的脸庞闪着熠熠的光泽，张开一口小白牙，对父亲说，当然是好事，祖先告诉我们，李记什锦小菜就要认祖归宗了。

李碱蓬张大嘴，莫名其妙地问，哪儿

还有李记呀,早让你改成百合了。百合笑而不答,好像和母亲说话一般,一个劲儿地和最小的野杏树说话,念叨着母亲生前的好姐妹,念叨着她们对母亲的好,对李家的帮助,可惜的是,她们再也尝不到李家的什锦小菜了。

李碱蓬说,怎么吃不到咱们家的小菜了,上超市去买呀。百合说,那还有情分吗?咱家啥时候让人家买过什锦小菜?这真是个问题,李碱蓬挠着脑袋说,那咋办?百合说,很好办,开车送去,多跑几十分钟的事情。李碱蓬说,还是算了吧,还得回锦州取小菜,多麻烦。

百合说,你就那么怕回家吗?我妈的

那些好姐妹不欠咱家的，硝盐锅村里的人也没人伤害过咱家。伤害过你的人，都是外来的，他们都遭到了报应，你还怕啥？李碱蓬大声吼着："我怕啥？啥也不怕，总不能空手去看她们！"

到底是激将法好使，百合灿烂一笑，洁白的牙齿反射着纯洁的阳光，她说，后备厢里带来了，一家一份准够。李碱蓬瞪着闺女，骂了句，臭丫头。

回到硝盐锅村，不可能不路过家门。家还是从前那个家，没有了那些大缸，院子里显得很宽敞，不知道是谁把菜畦子打得整整齐齐，几畦韭菜绿莹莹的，茂盛地生长，大蒜也冒出芽儿，大片的畦子暄软软的，等待着播种。畦子打成啥样，李碱蓬一眼就看得明白，哪些将要种豇豆，哪些要种芸豆，哪些将要种小茄子或小黄瓜。

走进屋，李碱蓬更感到吃惊了，干干净净的，一尘不染，根本不像没人居住，还有老伴的大幅遗像，规规矩矩地挂在墙上，下面明显地留下上过香的痕迹。他扭过头，看了眼闺女。百合摇摇头，她那么忙，也没时间回家，只是村主任来过锦州一趟，借走了钥匙，说了句房子得有人气，空久了，会发霉的。

不用猜，李家的房子，村委会照管着呢。听说李碱蓬回来了，人们奔走相告，村里像过了节,大家伙都涌到了李家。百合打开车的后备厢,不停手地往出递,把百合牌什锦小菜全分给了乡亲们。很多人哭了,一方面为久违了的李家小菜,更重要的是,他们几辈子人都与李家相伴为生,靠种小菜活着,李家走了,孙利的酱菜厂破产了,他们的生活顿时陷入窘境。

几辈子人,除了种小菜,别的都不会。不用百合说话,一双双期待的眼睛都瞅着父亲呢,她不相信父亲的心是石头做的。

果然,父亲的眼睛潮湿了,他没想到过,一时犯了倔脾气,会有这么多后果。

出了家门，车里还藏着最后一袋什锦小菜，百合从腌菜池子里一根一根挑出来，特意留给干爹张老坞的，小菜里深藏着干爹的心血，没有干爹打捞上来的乌虾，哪儿会有百合牌什锦小菜的清香。况且小满的季节快要到了，又要卤虾水酿虾酱了，缺了张老坞的乌虾，一切都无从谈起。

当然，百合拜见干爹，不可能只有一袋小菜，她在镇上买了好多贵重的礼物，把车后座都堆满了，多得让张老坞瞠目结舌。

老哥俩一日不见，如隔三秋，如今快一年不见了，那个热乎劲儿，没法用语言来说，老泪纵横交织在一起，分不出是谁的了。

临返回锦州前，李碱蓬再也忍不住了，家乡就是他的老树根子，谁能真正把它挖走？他终于明白了闺女的良苦用心，闺女用灿烂的目光，一下子就击毁了他和康总的结盟。反正他最恨的人正在狱中接受惩罚，反正已经回到硝盐锅村了，看一眼镇酱菜厂也无妨。李碱蓬决定，去镇酱菜厂。

进了厂子，满眼是衰败，海鸥状的大门脏了，胡乱生长的蒿草枯萎了，退货的纸箱子被雨雪压塌了，破损的腌菜袋到处流汤，发出了真正的腥臭味儿，就连海里的叼鱼郎（海鸟）都躲得远远的。尽管如此，李碱蓬还是从枯草下发现了生机勃勃的新草芽儿。

父女俩就这样在破败的院子来回走，走着走着，李碱蓬突然趴在地面上，像一条勤劳的老狗，不断地在嗅着气味。不知嗅过了多久，也不知嗅了多远，他突然停下狗一般地嗅闻，站起来时，满脸是泪。李碱蓬说，老池子就在下面。

九

乌虾又来了的时候，李家父女成功入主镇酱菜厂，成了破产重整后的新主人。镇政府做出个让李碱蓬意想不到的事情，奖励李碱蓬不惧生死，捍卫镇酱菜厂的无形资产，奖励二百万元。这真是个喜出望外的消息，李碱蓬突然觉得自己的狭隘，承认了是个法盲。虽然市长早就把这项决定告诉百合了，她就想看看父亲啥表情，没透露半点口风。

李碱蓬乐得直蹦高，所有的怨恨，一阵风地被刮跑了。埋在腌菜池子里的老物件还在，恢复起来没太大的难度，只是外边盖上了轻质厂房，即使陈升错得再多，有一点还是没错，露天腌菜的卫生环境真的很难保障。

还好，清除了杂物，虾泥浸透的海泥，原味没走，新的虾酱仍可以在上面发酵，多少能勾回些老味道。经历的事情多了，李碱蓬也多了个心眼，本来做出了回老家的决定，却一声没吭。清明后回到锦州，没等镇酱菜厂破产重整的事儿露出眉目，他抢先把剩余的乌虾酱全部买走了。

李记酱菜厂开张那天，剪的彩不是红绸子，也不是震天响的鞭炮，而是一罐接一罐的卤虾酱，就像酒曲一样，李碱蓬用乌虾的卤虾酱充当虾泥，把三百年的老滋味勾引回来。

银行也很给力，清算了孙利的一些老债务之后，重打锣鼓另开张，给了李记酱菜厂足够的贷款。

新厂子没有启用父亲的徒弟们，不是百合记仇，也无意报复他们对父亲的背叛，而是新厂子完全由电脑控制，不需要那么多人，人力资源主要集中在种菜上。百合把父亲一百多条工艺编成程序，制成软件输入电脑，机械手臂比人还灵活，比人还准确，比人还听话。当然了，比人还不嫌累。

自动化莫说是其他人，就连厂长李碱蓬都成了多余的人，安顿好这一切，百合依旧去锦州，继续当她的合伙人。

李碱蓬唯一操心的就是跟随女儿去沈阳参加招聘会，百合招聘的是经理，提出的条件不仅仅是学数控专业的研究生，还得是男性，未婚，模样身高，年龄家庭，脾气秉性都得考察个遍。当然，百合给的工资也不薄，底薪一万。

挑选的过程，几乎是千里挑一，百合边挑边问父亲，行不行？

李碱蓬突然明白了，闺女哪里是挑经理，分明是挑上门女婿。

经理终于选出来了,理所当然的高才生,理所当然的也是帅小伙,理所当然的比百合大,更重要的是,除了爱学习,和百合一样,没有过恋爱史。

高才生就是高才生,接受能力极强,腌菜的要领,李碱蓬只讲一遍,人家就记住了。至于电脑程序,百合不比人家懂得多,得和人家商量。没过多久,李记酱菜厂就交给那个高才生了。虽说厂子不需要他们父女操多少心,尤其是没有厂长职务的百合。可是,不管多忙,百合总是抽时间,从锦州赶回来,和高才生聊生产,谈销售。

李碱蓬觉得自己碍眼,正好县里办特

色产品一条街,邀请李记什锦小菜,李碱蓬当即就答应了,在县城有个铺面,不算坏事儿,权当打广告了。

门店建好了,里面的装饰不太像卖东西的,倒像个展览馆,虾酱怎么酿,小菜怎么选,有机菜地怎么种,"原封贡虾"怎么往皇宫里送,酸、甜、鲜、辣各种口味的不同腌制流程。这些图片和文字,把李记酱菜的来龙去脉说了个通透。

店里聘了个年轻售货员,李碱蓬没有多少事儿,闲得他经常到街上溜达,听听奇闻轶事,看看人来人往,或者干脆到郊区看人家种菜。他最盼的是店里来外地的顾客,可以眉飞色舞地讲李家和清朝皇帝的故事，尤其是乾隆爷微服私访踏入李家门的事情。"名震塞外九百里，味压江南十三楼"，可不是浪得虚名，皇帝御封的。

没有外地顾客，李碱蓬就会三缄其口，他被本地的小伙子骗过，唾沫飞扬地讲了半天，结果人家都知道，逗老爷子玩呢。很多时候，他即使坐在店里，啥事儿也不管，常在一旁打瞌睡。

那一天，店里来了位特殊顾客，是县政府的调研员陈升。尽管陈升和李碱蓬形同水火，却不妨碍他爱吃李记什锦小菜，尤其是孙利事件发生后，他更觉得李记小菜弥足珍贵，后悔当年的愚蠢，仿佛吃了小菜，就能弥补当初的过错。

以前，陈升也来店里买过小菜，接待他的是那位年轻的售货员，没见过李碱蓬。一般来说，厂长只会待在厂里，不可能出来看店，这是经验之谈，陈升不会想到，身边打瞌睡的老头，竟然是李碱蓬。更让他心惊肉跳的是，李碱蓬身旁恰好有把铁锹，是翻动发酵虾酱时专用的，现在被机器代替了，拿到店里当展品摆着。

陈升正要拔腿就跑，李碱蓬微微睁开眼睛，瞄了眼陈升，说了句，来了。权当打招呼了，接着还打瞌睡。陈升如获大释，不再担心会受到伤害。

李碱蓬虽然打瞌睡，却没真睡，有一搭无一搭地和陈升说话，您当过官，见过世面，小菜口味有啥不对头的地方，多多指教。

陈升忙说，不敢不敢，在家里吃饭多了，就爱上了这一口。李碱蓬说，大鱼大肉吃多了，更需要这一口。

陈升说，没那个环境了。

李碱蓬说，那更好，能多活几年。

陈升叹口气说，健康比啥都重要，每天早晨六点，我都去公园遛弯儿。

李碱蓬说，别说你没干好事儿，这公园就是你修的，还真不错，明天我也凑个热闹。

陈升忙说，惭愧惭愧。

两个人虽然心存芥蒂，聊得还算愉快，就这么不咸不淡地分手了。

第二天一早，李碱蓬真的去了公园，跟着大伙儿一块儿走圈儿，毕竟第一次出来走，不会像别人那样甩开臂，迈大步，走快走慢无所谓，谁超过他，也熟视无睹，反正有树木，有流水，有好空气，自己舒服就行。

陈升也在走圈儿，毕竟离退休还早着呢，比李碱蓬小了那么多，走得飞快，实属正常。走着走着，他突然发现了前边的李碱蓬，立刻放慢脚步，在后面二十米外跟着,也迈成了老头步。

公园的大屏幕上,闪着广告,画面上醒目地映着:李记什锦小菜。